VERFÜHRUNG DES CHIRURGEN

EINE ALLEINERZIEHENDER VATER ROMANZE

JESSICA F.

INHALT

1. Kapitel 1 — 1
2. Kapitel 2 — 8
3. Kapitel 3 — 13
4. Kapitel 4 — 18
5. Kapitel 5 — 23
6. Kapitel 6 — 28
7. Kapitel 7 — 33
8. Kapitel 8 — 38
9. Kapitel 9 — 43
10. Kapitel 10 — 48
11. Kapitel 11 — 54
12. Kapitel 12 — 58
13. Kapitel 13 — 64
14. Kapitel 14 — 69
15. Kapitel 15 — 72
16. Kapitel 16 — 78
17. Kapitel 17 — 81
18. Kapitel 18 — 86
19. Kapitel 19 — 91
20. kapitel 20 — 97
21. Kapitel 21 — 102

Kostenloses Geschenk — 106

Veröffentlicht in Deutschland:

Von: Jessica F.

© Copyright 2020

ISBN: 978-1-64808-401-0

ALLE RECHTE VORBEHALTEN. Kein Teil dieser Publikation darf ohne der ausdrücklichen schriftlichen, datierten und unterzeichneten Genehmigung des Autors in irgendeiner Form, elektronisch oder mechanisch, einschließlich Fotokopien, Aufzeichnungen oder durch Informationsspeicherungen oder Wiederherstellungssysteme reproduziert oder übertragen werden. storage or retrieval system without express written, dated and signed permission from the author

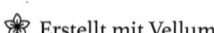 Erstellt mit Vellum

KLAPPENTEXT

Royce
Liebe ist nichts, was mir wichtig ist. Sex gehört der Vergangenheit an.
Ich bin attraktiv, ich bin wohlhabend, und habe ich erwähnt, dass ich berühmt bin?
Als Top-Chirurg in Amerika kann ich alles haben, was ich will.
Jedes Haus, jedes Auto, jede Frau, alles.
Alles. Bis auf die sexy neue Praktikantin im Krankenhaus.
Sie ist in jeder Hinsicht perfekt, aber sie ist tabu.
Wird mich das aufhalten?
Ich bin Royce Berkley – ich halte mich nicht an Regeln.

∼

Kayla.
Seit ich ein Kind war, bin ich von diesem Chirurgen besessen.
Er ist sexy, smart, charmant und hat einen Körper, für den man sterben würde.
Ich kann nicht glauben, dass ich tatsächlich eine Chance habe, ihn von Angesicht zu Angesicht zu treffen.
Ich möchte ihn beeindrucken und beweisen, dass ich das Zeug dazu habe, eine Top-Chirurgin zu sein.
Ich brauche ihn.
Ich kann mir nicht vorstellen, dass er mir jemals einen zweiten Blick zuwerfen würde, aber als sich die harte Behandlung in zärtliches Flirten verwandelt, ist es um mich geschehen.
Das ist keine gute Idee, aber ich kann mir nicht helfen. Ich habe

immer davon geträumt, ihn zu haben, und jetzt ist die Chance in greifbarer Nähe.
Es ist mein Leben. Ich tue, was ich will.

KAPITEL 1

„Ich möchte Ihnen ein paar Fragen zu dem Unfall stellen", sagt John, der Produzent, während er auf das Papier in seiner Hand schaut. „Können Sie uns endlich sagen, was in dieser Nacht passiert ist?"
Ich erstarre, und mein Herz rast. Ich habe ihm und dem Rest der Crew ausdrücklich gesagt, dass ich nicht über diese Nacht, in der meine Frau starb, sprechen will. Es ist das eine Thema, von dem ich mich fernhalten möchte, aber es ist das eine, worauf ich bei Interviews immer wieder angesprochen werde.
„Ich möchte nicht darüber sprechen, danke. Nächste Frage", antworte ich. Ich habe im Laufe der Jahre gelernt, wie man auf Reporter und ihre neugierigen Fragen antwortet, aber ich muss zugeben, dass es mich immer wieder eiskalt erwischt, wenn sie das Thema hochholen. Ich gehe ständig davon aus, dass das nächste Interview das sein wird, bei dem ich mir keine Sorgen machen muss, ob das schmerzhafte Thema angesprochen wird oder nicht.
„Ich verstehe, dass es eine sehr schmerzhafte Erinnerung für Sie ist, aber wie Sie wissen, hat die Öffentlichkeit viele Fragen

rund um das, was in dieser Nacht passiert ist, und wir würden ihnen gern einige Antworten liefern. Wenn Sie mir ein paar Momente Ihrer Zeit schenken", fährt er fort.

Die Kameras laufen, und ich bin der Einzige, den sie filmen. Ich bin diese Art von Interviews gewöhnt, als bester Arzt Amerikas für meine Show Everyday Miracles. Ich bin so etwas wie eine Berühmtheit.

Ich war immer der charismatische, charmante Arzt in der Show, und mir fällt es schwer, das gleiche Maß an Begeisterung für diese Art von Interviews aufzubringen. Sicher, ich kann den ganzen Tag über Krebs oder Operationen am offenen Herzen und die Dinge sprechen, die ich tue, um Patienten zu heilen, aber wenn es um mein persönliches Leben geht, kommt meine dunkle Seite zum Vorschein.

Es ist nicht zu leugnen, dass ich aufbrausend bin, aber es ist etwas, was noch nie vor laufender Kamera passiert ist. Ich habe hart an mir gearbeitet, um sicherzustellen, dass diese Seite von mir unter Verschluss bleibt, und ich bin stolz darauf. Die Menschen halten mich für einen der mitfühlendsten Männer im Fernsehen, der einfach den Kranken und Sterbenden hilft und sie heilt.

Natürlich gibt es einen Teil von mir, der davon lebt, andere zu heilen, aber es ändert nichts an der Tatsache, dass ich selbst noch lange nicht geheilt bin. Meine Frau war die Liebe meines Lebens, mein Partner. Sie war die Luft, die ich atmete, und die Essenz meiner Existenz. Die Tatsache, dass sie in einem einzigen Augenblick von mir gerissen wurde, war etwas, mit dem ich seit der Nacht, in der es passierte, kämpfe, und ich gebe seither mein Bestes, um meine Einsamkeit und die Privatsphäre meines kleinen Sohnes zu bewahren.

„Ich sage es noch einmal: ich möchte nicht über die Ereignisse dieser Nacht sprechen", antworte ich.

„Ist es, weil an der Geschichte mehr dran ist, als berichtet wurde? Ich weiß, dass es damals Klagen gegen Sie gab, aber mit Hilfe eines seriösen Anwalts konnten Sie all diese Anklagen fallen lassen. Würden Sie sich gern zu diesen Vorwürfen äußern?", drängt er.

"Viele Informationen über den Vorfall wurden hinter Schloss und Riegel gelegt. Es steht mir nicht zu, mit den Medien über irgendetwas zu diskutieren", lüge ich. Es ist das Einzige, von dem ich mir vorstellen kann, dass es mir diesen Kerl vom Leibe schafft. Ich bin gezwungen, ruhig und fröhlich zu bleiben, der Arzt, den jeder liebt. Wenn ich meine Beherrschung verliere, werden die Quoten für den Nachrichtensender nach oben schießen, aber meine eigenen Quoten werden fallen.

"Papa!", kommt eine Stimme von der Tür her. Ich wende meinen Kopf in diese Richtung. Mein Sohn steht mit ausgestreckten Armen dort. Es ist offensichtlich, dass er geweint hat, und sofort schwenkt die Kamera in seine Richtung.

"Es tut mir so leid, Mr. Berkley. Ich habe versucht, ihm gut zuzureden, aber er hat nicht aufgehört zu weinen, bis ich ihn hierhergebracht habe, damit er Sie sehen kann", sagt Sophie, das Kindermädchen meines Sohnes, während sie auch durch die Tür schaut. "Oh! Geben Sie ein Interview?"

"Stellen Sie die Kameras ab, verdammt nochmal!", zische ich. John gibt den Befehl, und die Kameras gehen aus. Ich steige von meinem Hocker und stelle dabei mein Mikrofon ab. "Was zum Teufel, Sophie? Wie oft muss ich dir noch sagen, Maddix hier nicht runterzubringen?"

"Es tut mir leid. Ich wusste nicht, was ich tun sollte", antwortet sie. "Ich dachte, er würde aufhören zu weinen, wenn ich ihn für ein paar Minuten zu Ihnen bringen würde."

"Sie kümmern sich um ihn, so, wie ich Sie dafür zahle!", fauche ich. "Ich unterschreibe Ihre Gehaltsschecks nicht, damit Sie ignorieren, was ich Ihnen aufgetragen habe!"

„Ich weiß das, aber Sie scheinen nicht zu verstehen, wie ...", fängt sie an, aber ich unterbreche sie.

„Ich verstehe diese Situation vollkommen. Maddix ist nicht das Problem, Sie sind es. Ich gebe Ihnen eine letzte Chance mit Maddix. Wenn Sie mit ihm nicht umgehen können, finde ich jemanden, der es kann", sage ich tonlos. Sie sieht mich an und scheint zu weinen, aber es ist mir egal.

Die Kameras laufen nicht, und Produzent und Crew würden es nicht wagen, sich einzumischen. Maddix hingegen rennt in den Raum und wirft seine Arme um mich. Ich knie nieder und lege meine Hände auf seine Schultern. „Maddix, ich habe dir gesagt, wenn ich bei der Arbeit bin, musst du bei deinem Kindermädchen bleiben. Ich muss mich wirklich darauf verlassen können, dass du dich benimmst."

„Ich will bei dir sein!", ruft er. „Ich mag keines der Kindermädchen!"

„Würden Sie mich bitte für eine Minute entschuldigen?", frage ich und sehe die TV Crew an. Ich weiß, dass sie gern die Kameras wieder einschalten und eine Aufnahme von Maddix bekommen wollen, aber wenn sie es tun, wird die Hölle losbrechen. Ich habe alles in meiner Macht Stehende getan, um Maddix aus dem Rampenlicht zu halten. Seit dem Unfall ist er für die Öffentlichkeit ebenso schwer zugänglich wie die Geschichte selbst. Ich möchte nicht, dass er das berüchtigte Kind des berühmten Arztes ist, dessen Mutter bei einem Autounfall ums Leben kam, und ich möchte auch nicht, dass er auf diese Weise an seine Mutter denkt.

Die Crew verlässt den Raum, und ich seufze. „Maddix, ich weiß, das ist schwer für dich, aber ich muss arbeiten, das weißt du. So bekommen wir unser Geld."

„Ich will kein Geld!", argumentiert er.

„Wir brauchen Geld, damit wir essen und in unserem Haus leben können", erkläre ich. Ich weiß, dass es für ein Kind, das so jung ist, schwer ist, das Konzept zu verstehen, aber ich versuche es trotzdem. „Maddix, ich möchte, dass du mit Miss Mary zurück zum Auto gehst. Ich muss das hier beenden." Ich schicke meiner Assistentin eine Nachricht, und innerhalb weniger Augenblicke erscheint sie. „Ja?"

„Maria, bitte bring Maddix zu meinem Auto und bleib bei ihm, während ich das hier beende. Ich werde in ein paar Minuten draußen sein", sage ich. Sie nickt, streckt ihre Hand heraus und schenkt ihm ein einladendes Lächeln.

„Komm, Maddix, lass uns nach draußen gehen", sagt sie fröhlich. Er klammert sich an mich, aber ich schiebe ihn sanft von mir weg.

„Maddix, du musst jetzt mit Miss Mary gehen. Ich werde in ein paar Minuten draußen sein", sage ich fester als zuvor. Es steigen noch mehr Tränen in seine Augen, aber er gehorcht. Ich stehe auf und richte meine Jacke und Krawatte und versuche, den Charme wiederzuerlangen, den ich während des Vorfalls verloren habe. Wenn die Kameras laufen, muss ich der Arzt sein, von dem die Leute denken, dass ich es bin, egal was in meinem Leben vor sich geht.

Das war nicht immer so. Als Claire noch lebte, musste ich nicht für das Fernsehen schauspielern. Ich war der brillante Arzt, der offen und charismatisch war. Sie hat mir oft gesagt, dass ich die einnehmendste Person sei, die sie kenne, und ich habe sie sehr geliebt.

„Tut mir leid", sage ich, als ich John schließlich finde. „Mein Sohn ist manchmal leicht erregbar."

„Es ist nicht einfach, alleinerziehend zu sein, ich weiß das", antwortet er mit einem Lächeln. „Aber hören Sie, es gibt noch etwas, worüber ich mit Ihnen sprechen möchte."

Ich hebe die Augenbrauen, verschränke meine Arme und erwarte, dass er den Autounfall noch einmal zur Sprache bringt.

„Seien wir ehrlich. Ihre Show hält einige der besten

Einschaltquoten im Fernsehen. Der Sender ist sehr beeindruckt, und sie wollen noch einen Schritt weiter gehen", sagt John und wedelt mit den Händen.

„Oh?" Damit hatte ich sicher nicht gerechnet.

„Ja. Sie haben beschlossen eine Nebensendung von Everyday Miracles zu machen. Sie haben bereits mehrere medizinische Schulen im ganzen Land kontaktiert und eine nette kleine Gruppe junger Praktikanten versammelt, die vielversprechendes Talent haben, um zu großartigen Chirurgen zu werden – wie Sie", sagt er mit einem Grinsen.

„Und was werden Sie mit diesen Praktikanten machen?" Ich denke, ich weiß es schon, aber ich lasse ihn es erklären ...

„Sie werden hierherkommen, und Sie werden mit jedem von ihnen arbeiten. Jede Woche wird abgestimmt und einer abgewählt und wir werden die Gruppe immer weiter eingrenzen und blah, blah, blah, Sie wissen, was ich meine", sagt er.

„Ja, ich weiß, was Sie meinen. Doch ein Krankenhaus ist kaum der Ort für eine solche Dramatik!", erwidere ich.

„Entspannen Sie sich! Alles, was Sie tun müssen, ist, was Sie am besten können. Geben Sie den Menschen Anweisungen und beobachten Sie sie", neckt er. „Denken Sie darüber nach! Royce Berkley, Top-Chirurg in Amerika, lehrt der nächsten Generation ein oder zwei Dinge über die Notfallaufnahme."

„Eher ODER. Und ich würde nicht behaupten, dass ich das am besten kann", sage ich, aber er macht schon weiter.

„In Ordnung. Wir werden in der nächsten Woche anfangen zu drehen. Ich hoffe, Sie unterschreiben den Vertrag?" Er überreicht mir einen Vertrag. Ich möchte ihn ablehnen, aber meine Augen bleiben an der Bezahlung hängen. Über eine Dreiviertelmillion Dollar für zehn Episoden. Da fällt es schwer Nein zu sagen.

„Es scheint nicht so, als hätte ich eine große Wahl." Ich

kritzle meinen Namen auf der gepunkteten Linie und gebe ihm den Vertrag zurück.

John lächelt. „Oh, Sie haben eine Wahl. Ich freue mich, dass Sie das Richtige getroffen haben."

KAPITEL 2

"Ich – ich habe gewonnen?" Ich starre ungläubig auf die E-Mail. Als ich am Wettbewerb für die neue Reality-Serie teilgenommen habe, hätte ich nie gedacht, dass ich eine Chance auf den Sieg hätte, aber die E-Mail kündigt es an, zusammen mit einigen Anweisungen, was als nächstes zu tun ist.

„Oh mein Gott!", sage ich noch einmal laut. Es spielt keine Rolle, dass ich allein im Schlafsaal bin. Ich kann nicht glauben, dass ich tatsächlich einen Platz in der Show gewonnen habe. Royce Berkley ist mein Idol, seit ich in der High School war. Ich habe alle Shows mit ihm gesehen, und als er sein eigenes Programm bekam, habe ich mir auch das angeschaut.

Lange bevor ich mit dem Medizinstudium begonnen hatte, hatte ich bereits alle seine Bücher verschlungen. Und nicht nur die Bücher über eine gesunde Lebensweise, sondern auch Bücher über ärztliche Beratung und wie man Arzt wird. Ich wollte kein Arzt werden. Ich wollte eine der besten Chirurginnen in Amerika werden. Vielleicht sogar der ganzen Welt. Ich wollte genauso gut sein wie Royce, und ich habe mich durch das Medizinstudium gekämpft, um diesen Traum zu verwirklichen.

Ich hätte nie gedacht, dass ich die Chance hätte, Royce von Angesicht zu Angesicht kennenzulernen, aber ich habe oft darüber nachgedacht, was ich ihm sagen würde, wenn es passierte. Ich würde ihm sagen, wie viel er mir bedeutet und was für eine Inspiration er für mich gewesen ist. Ich würde ihn wissen lassen, dass er der Grund war, warum ich Medizin studiert habe, und ihm zeigen, dass ich weiß, was ich tue.

Mein Telefon klingelt, und ich hebe ab.

„Kayla! Ich habe einen Platz in der Show!" Die Stimme meiner Freundin dringt an mein Ohr, während sie vor Freude quietscht.

„Wirklich?! Ich auch!"

„Du auch?" Sie klingt begeistert und schockiert zugleich. „Das ist genial!"

Meine Beziehung zu Monique ist in letzter Zeit etwas angespannt. Obwohl wir seit dem College beste Freunde sind, haben wir uns im Laufe der Jahre auseinandergelebt und jetzt sind wir eher Freund-Feinde als alles andere. Ich bezeichne sie immer noch als meine beste Freundin und versuche, auch so an sie zu denken, aber ich weiß, dass die Dinge nicht mehr so sind, wie sie früher einmal waren.

Der Riss in unserer Beziehung ist langsam entstanden und keiner von uns gibt zu, dass er da ist. Aber die stille Konkurrenz zwischen uns kann nicht immer ignoriert werden, und ich weiß, dass sie es auch spürt.

„Hier steht, dass sie mehr Informationen darüber senden, wohin wir gehen sollen und alles", erwähne ich, während ich die E-Mail überfliege. „Vielleicht bleiben wir zusammen?"

„Das wäre toll", sagt sie, aber irgendwie fehlt es an Enthusiasmus in ihrer Stimme. Ich weiß, dass sie die Freundschaft retten will, aber es ist schwierig. Insgeheim jedoch hoffe ich, dass dies unsere Chance ist.

„Es sieht so aus, als ob es bald losgeht", kommentiert sie, und ich überfliege die E-Mail noch einmal und sehe plötzlich, dass sie Recht hat.

„Mist, ich muss packen! Wollen wir gemeinsam zum Flughafen fahren?"

„Klar, gern. Am besten ist es, wenn wir ein Taxi nehmen, damit wir nicht für einen Parkplatz bezahlen müssen", antwortet sie. „Außerdem, wenn einer von uns vor dem anderen nach Hause geschickt wird und nur ein Auto am Flughafen ist, müssen wir trotzdem ein Taxi nehmen, um nach Hause zu kommen."

Ich rolle mit den Augen. Wir sind noch nicht einmal da, und sie spricht bereits davon, dass einer von uns nach Hause geschickt wird. Natürlich wissen wir beide, dass dies geschehen wird. Am Ende der Serie gibt es nur einen Champion. Das hat keiner von uns bisher erwähnt.

„Ich bin sicher, dass wir eine Lösung finden, wenn es so weit ist. So gut wie wir sind, wir werden bis zum Ende zusammen dabei sein." Ich versuche, optimistisch zu klingen, aber ich kann auch spüren, dass der Konkurrenzkampf bereits durch meine Adern fließt. Ich möchte, dass unsere Freundschaft bestehen bleibt, aber etwas in mir will, dass ich die Bessere bin.

Es gibt keinen Grund, warum wir uns nicht gegenseitig unterstützen können, aber so wie Monique immer versucht mich zu übertrumpfen, habe ich dazu gar keine Lust.

„Ich denke, wir müssen darauf vorbereitet sein. Ich würde es hassen zu sehen, wie eine von uns in der ersten Woche nach Hause geht, obwohl wir dachten, wir würden bis zum Ende dabei sein", sagt sie trocken. Ich denke darüber nach. Irgendetwas sagt mir, dass dies nicht einfach werden wird.

„Natürlich. Ich habe nur positiv gedacht, das ist alles", sage ich und lache. „Schließlich hat Dr. Royce behauptet, dass Positivität eines der besten Medikamente ist, die er je im Leben seiner Patienten gesehen hat."

„Ich bin sicher, dass du das, was Dr. Royce zu sagen hat, in dich aufsaugen wirst", bemerkt sie fast spöttisch. Ich beiße mir auf die Zunge. Ich weiß, dass sie auch immer ein Auge auf den Mann hatte, aber nicht mit der gleichen Hingabe wie ich. In gewisser Weise ist es, als wäre sie eifersüchtig darauf, was ich über ihn weiß.

Ich habe in der Vergangenheit oft gemerkt, wie neidisch sie auf mich war. Ich finde es lächerlich, dass dies noch dazukommt, aber ich werde nicht deswegen streiten.

„Ich will einfach nur in die Show gehen und mein Bestes geben. Ich bezweifle, dass ich gewinnen werde, aber ich will sehen, wie weit ich komme." Das stimmt nicht ganz. Ein Teil von mir ist der festen Meinung, dass ich es schaffen kann, aber ich möchte nicht noch mehr Spannung zwischen uns erzeugen.

„Möge der Beste der Besten den Rest schlagen", sagt Monique lachend. Ich stimme zu und beende das Gespräch. Obwohl ich noch gerne weiter darüber sprechen würde, habe ich noch andere Dinge zu tun, wenn ich in den nächsten Monaten in L.A. sein werde.

Ich lege mein Handy auf das Bett und falle auf meine Kissen und lasse meinen Laptop auf die Matratze neben mir gleiten. Mein Herz hämmert, und ich atme tief durch. Ich kann es nicht glauben! Ich treffe Royce Berkley!

Ich versuche, mich nicht von dem unterkriegen zu lassen, was Monique gesagt hat. Ich weiß, dass einer von uns die andere schlagen wird, und ich sage mir, dass ich mich für sie freuen werde, wenn sie diejenige ist. Aber tief im Inneren habe ich volles Vertrauen, dass ich den Titel gewinnen und den Preis bekommen werde.

Sie denkt, dass sie mich nach Hause schicken werden, aber Junge, wird sie Augen machen.

KAPITEL 3

„Lasst uns das hinter uns bringen." Ich richte die Manschetten an meinem Hemd. „Komm, du kannst nicht mit dieser Einstellung an die Sache herangehen, wenn du es mit der nächsten Generation von Chirurgen zu tun hast. Die Zuschauer erwarten, dass du der Meister bist, während diese Leute deine Schüler sind, und es liegt an dir, sie zu Miniaturversionen von dir selbst zu formen", sagt John mit den gleichen Gesten, die er immer benutzt.

Ich rolle die Augen. „Ich bin nicht der Meister, und sie sind nicht meine Schüler. Das hier ist nur zur Unterhaltung. Du weißt das genauso gut wie ich."

„Ich weiß es, aber die Zuschauer nicht!", argumentiert er. „Komm, jeder liebt deine charmante Aura. Lass uns uns mit diesen Kindern an einen Tisch setzen und sehen, was passiert."

„Chirurgie und der Kampf um das Leben von Menschen ist nicht charmant", erkläre ich. Soweit komme ich, bevor wir vor der Tür stehen. Er hält seine Hand hoch, um mich aufzuhalten. Die Crew filmt inzwischen, und die Praktikanten stellen sich dort auf, wo sie hingeführt wurden.

„Okay, du bist dran, in fünf, vier, drei, zwei." Er deutet auf die Tür, und ich gehe hindurch. Meine Schultern sind gerade, und mein Kopf ist hoch erhoben. Ich höre, wie einigen Praktikanten ein Seufzer der Bewunderung entweicht. Ich gehe zu meiner Markierung auf dem Boden und wende mich an sie.

„Guten Tag und herzlich willkommen im Los Angeles Mercy Hospital. Ich nehme an, Sie wissen, wer ich bin?" Der Raum füllt sich mit ihrem überschäumenden Jubel, und ich hebe meine Hände, um sie zu beruhigen.

„Ich bin sicher, dass Sie alle sehr aufgeregt sind, hier zu sein. Begierig zu lernen, was es bedeutet, ein Top-Chirurg zu sein. Ich bin sicher, dass Sie denken, Sie hätten das Zeug dazu, an die Spitze zu klettern und alle Leute zu übertrumpfen, die neben Ihnen stehen. Aber ich sage Ihnen jetzt, diese Art von Arroganz wird Sie im Operationssaal teuer zu stehen kommen." Mein Blick wandert über ihre Gesichter, aber ich verweile, als mir eine Frau, die weiter hinten steht, ins Auge fällt.

Ich muss fast zweimal hinschauen, als ich sie bemerke. Sie ist schlank, eine Brünette, hat leuchtend grüne Augen und ein Lächeln, das mich sofort an Claire erinnert. Tatsächlich könnte sie auf den ersten Blick Claire sein. Ich spüre ein Stechen in meinem Herzen, und meine Stimme stockt mir in der Kehle. Ich erhole mich rechtzeitig, so dass niemand es merkt.

Ich kenne dieses Mädchen nicht, aber aus irgendeinem Grund ärgere ich mich sofort über sie. Wie sollte ich das auch nicht? Sie sieht aus wie die Liebe meines Lebens. Claire war sanft und süß. Sie hätte keiner Fliege etwas zuleide getan, hat sich aber auch auf mich verlassen, wenn die Zeiten hart wurden. Sie war schlau, so schlau, aber sie war nicht die Art von Frau, die sich im Notfall zusammenreißen konnte. Ich frage mich sofort, ob dieses Mädchen das Zeug dazu haben wird, Chirurg zu werden.

Ich mache weiter mit meiner Eröffnungsrede, aber es fällt mir schwer, mich auf das zu konzentrieren, was ich sage. Es ist fast so, als stünde ich neben mir, als stünde ich da und beobachte, wie ich die Versprechen und Warnungen ausspreche, und diese Praktikanten wissen lasse, dass ich es ernst meine. Ich mag außerhalb des Operationssaals locker und fröhlich sein, aber wenn es darum geht, Leben zu retten, ist mit mir nicht zu spaßen.

Ich blicke zu Johannes, der hinter der Gruppe steht. Die Kamera ist so eingestellt, dass die Zuschauer ihn nicht sehen können, aber ich kann Blickkontakt aufnehmen und auf seine Weisung reagieren, ohne so auszusehen, als würde ich es tun. Er deutet mir, die Schüler aufzufordern, Fragen zu stellen.

„Gut, also sie haben mir gesagt, dass ihr alle seit mehreren Jahren schon Medizin studiert. Ich bin froh, das zu hören. Ich will niemanden hier haben, der keine Ahnung hat, was er tut. Im Moment bin ich gespannt darauf, was sie heutzutage in der Schule unterrichten – machen Sie sich bereit für Ihre erste Prüfung." Ich verschränke meine Arme und stelle mich breitbeinig hin, was den Großteil der Gruppe deutlich einschüchtert.

Das Mädchen, das aussieht wie Claire, beobachtet mich wie ein Falke. Sie sieht nervös aus, aber es hängt eine Begeisterung über ihr, die den meisten der anderen Studenten fehlt. Sie erinnert mich so sehr an meine Frau, und ich kann es nicht mehr ertragen.

„Du", sage ich und zeige auf sie. Sie schaut sich um, fast so, als sei sie schockiert, dass ich sie direkt anspreche. Der Kameramann fordert sie auf, nach vorn zu treten, damit sie besser zu sehen ist. Sie gehorcht nervös.

„Ja?", fragt sie.

„Wie heißt du?", erwidere ich.

„Ich bin Kayla Grid aus Chicago! Ich möchte anmerken, dass es eine große Ehre ist, Sie kennenzulernen", sagt sie schnell. „Ich liebe Sie bereits seit–"

„Sagen Sie mir eines, Miss Grid", unterbreche ich. „Sie sind zu Hause bei Ihrer Familie. Es ist Weihnachten. Sie alle haben Spaß und feiern, als Ihr Telefon klingelt und Sie ins Krankenhaus gerufen werden. Bei dem schlechten Wetter dauert es länger dorthin zu gelangen, aber ein Mann befindet sich in kritischem Zustand. Sie sind sich nicht sicher, was mit ihm los ist, vielleicht eine Überdosis, aber sie sind sich nicht sicher. Was sagen Sie ihnen, wie sie diesen Mann am Leben halten sollen, bis Sie ankommen?"

Ich weiß, dass es keine faire Frage ist, und ich kann deutlich sehen, wie nervös sie ist.

„Ihm mehr Medikamente zu geben, wäre eine schlechte Idee", rätselt sie. „Ich würde die Oberschwester ein Auge auf ihn haben lassen, bis ich dort ankomme."

Sie spricht stolz, aber ich gehe hin und her über die Markierung auf dem Boden. „Also wollen Sie damit sagen, dass Sie die Entscheidungen der Oberschwester überlassen, wenn man Sie um Rat bittet, wie man diesem Mann das Leben retten kann, oder besser gesagt, wie man ihn am Leben halten kann, bis Sie eintreffen?"

Ein verhaltenes Kichern ist von den anderen Praktikanten zu hören, und ich sehe, wie sich ihre Wangen vor Verlegenheit röten. Sie sieht aus, als würden ihr gleich die Tränen kommen, aber ich richte meine Aufmerksamkeit auf den Rest der Gruppe.

„Ich würde gerne andere Meinungen hören. Hat jemand eine bessere Antwort? Bitte lassen Sie sie mich hören. Wenn nicht, dann hören Sie zu und lernen." Wieder lasse ich meinen Blick über die Gesichter vor mir wandern, aber keiner der Schüler kann meinen Blickkontakt halten. Sie sind schockiert über den Unterschied, wie ich mich in meiner eigenen Show verhalte und wie hier, und ich genieße es.

Ich kann John aus dem Augenwinkel sehen, und er scheint zufrieden mit dem Ablauf der Szene zu sein. Die Schüler schweigen und beobachten mich wie Welpen, die auf Anweisungen ihres Trainers warten. Ich schaue wieder zu Kayla und bemerke Spuren von Tränen auf ihren Wangen. Obwohl sie offensichtlich dagegen ankämpft, verrät ihr Make-up sie.

„Miss Grid, gibt es ein Problem?" Die Kamera richtet sich sofort auf sie, und sie sieht ängstlich und irritiert zugleich aus. Sie schüttelt schnell den Kopf. „Gut. Denn Chirurgen müssen jederzeit ruhig und gesammelt sein, auch wenn sie mit einer furchtbaren Tragödie konfrontiert werden. Wenn Sie den Druck nicht aushalten können, dann wäre ich dankbar, wenn Sie meine Zeit nicht verschwenden würden."

„Ich habe das Zeug dazu. Ich kann mit den Anforderungen umgehen!", versichert sie mir. Sie blickt in die Kamera, aber John deutet ihr an, wieder zu mir zu schauen. „Ich kann es."

Sie zwingt sich zum Lächeln, und ich sehe sie ernst an. „Die Zeit wird es zeigen", sage ich deutlich.

„Und das war's!", erklärt John und unterbricht die Diskussion. Er geht in die Mitte des Raumes, winkt mit der Hand, und die Kameras gehen aus. Die Schüler sind entspannter, wenn die Kameras nicht laufen, aber trotzdem sieht Kayla verlegen aus.

„Gut, das war ein guter Anfang. Frau Grid, ich muss Sie bitten, nicht in die Kamera zu schauen, es sei denn, Sie sind in einem Interview, und das gilt auch für den Rest von Ihnen. Wir sind vollkommen unwichtig. Sie sind hier, um von Royce zu lernen. Vergessen Sie den Rest von uns, verstanden?" Er schaut sich im Raum um, während die Praktikanten einvernehmlich nicken.

„Toll. Machen Sie eine halbe Stunde Pause, und dann treffen wir uns hier wieder um halb zwei. Kommen Sie nicht zu spät!" Er klatscht in die Hände, und die Praktikanten gehen auf den Flur hinaus. Ich schüttle den Kopf und sehe Kayla hinterher. Sie ähnelt Claire so sehr.

Es wird schwer sein, mit ihr zu arbeiten.

KAPITEL 4

Ich gehe langsam den Gang entlang, meine Wangen brennen bei jedem Schritt. Ich kann nicht glauben, wie der Tag gelaufen ist. Auf keinen Fall so, wie ich ihn mir vorgestellt habe, und ich will einfach im Erdboden versinken. Ich habe alles in meiner Macht Stehende getan, um Dr. Royce und alle anderen am Set zu beeindrucken, aber ich komme mir dumm vor.

Seine Frage hatte mich nicht nur überrascht, sondern ich habe das Gefühl, dass er mich auch beobachtet hat, als er den anderen im Laufe des Tages Fragen gestellt hat. Es scheint, als würde er mich in gewisser Weise als Bedrohung für die Gruppe betrachten, und dafür sorgen wollen, dass ich mich von den anderen abhebe. Ich verstehe es nicht, und es gefällt mir auch nicht.

Monique ist begeistert. Sie hat sich sofort mit Dr. Royce gut verstanden, oder zumindest kommt es mir so vor. Alle Fragen, die er ihr gestellt hat, hat sie richtig beantwortet, obwohl ich das Gefühl habe, dass er es ihr viel leichter gemacht hat.

Ich bin mir nicht sicher, wie die Produzenten entscheiden werden, wer bleibt und wer am Ende der Woche nach Hause geschickt wird. So, wie der Tag heute verlaufen ist, stehe ich ganz oben auf der Liste, aber sie weigern sich, darüber zu sprechen.

Ich betrachte die Tafeln an der Wand, auf denen die Namen der verschiedenen Ärzte und Fachleute stehen, die in den Büros arbeiten, während ich daran vorbeigehe. Ich kann mir nicht vorstellen, wie es wäre, jeden Tag hier mit Dr. Royce zu arbeiten. Ihn zu sehen und mit ihm sprechen zu können – das wäre unglaublich. Er hat ein Team, mit dem er häufig zusammenarbeitet, und sie helfen ihm oft im OP, aber ich frage mich, wie oft sie tatsächlich auch mit ihm reden.

Plötzlich sehe ich ihn an der Ecke stehen. Einige andere Praktikanten laufen auf ihn zu, und er macht sich nicht einmal die Mühe, Augenkontakt mit uns herzustellen. Stattdessen verschwindet er in einem der Büros, und mein Herz rast, als ich seinen Namen an der Tür lese.

Es ist sein Büro.

Ich atme tief durch, kann nicht glauben, was ich gleich tun werde, aber ich weiß, dass es das Richtige ist. Ich habe keinen guten Eindruck auf ihn gemacht, und ich muss es tun. Um meiner selbst willen muss ich es tun. Die Tür ist offen, also stecke ich meinen Kopf in sein Büro, und er schaut überrascht auf.

„Kann ich Sie eine Minute sprechen?", frage ich zaghaft. Er nickt leicht. Ich gehe hinein, und mein Herz rast. „Ich wollte mich nur dafür entschuldigen, wie es heute gelaufen ist. Ich weiß, dass ich es als Chirurgin schaffen kann. Es war einfach eine Menge – der weite Weg hierher und im Fernsehen zu sein."

Ich spreche schnell, und er kann wahrscheinlich sehen, wie nervös ich bin. Ich lächele, bemühe mich gelassen zu bleiben, warte darauf, dass er etwas sagt. Irgendetwas.

„Wenn ihnen das schon schwerfällt, wie werden Sie dann

eine Notsituation bewältigen, bei der das Leben von Menschen auf dem Spiel steht?"

Er hält inne, und ich springe schnell ein. „Es sind nur die Nerven. So etwas habe ich in meinem Leben noch nie gemacht und setze mich selbst sehr unter Druck", erkläre ich.

Er ist dabei, etwas zu erwidern, als plötzlich ein kleiner Junge in den Raum platzt. Er sieht aus, als hätte er geweint, und er läuft zu Royce hinüber, als plötzlich eine andere Frau in der Tür auftaucht.

„Was zum Teufel? Ich habe beim letzten Mal schon deutlich gemacht, dass Sie Maddix hier nicht runterbringen sollen!", schnappt Royce. Sie sieht niedergeschlagen aus und deutet mit dem Kinn auf den Jungen.

„Ich weiß, aber er hört nicht darauf, was ich sage, und er ist heute dreimal aus dem Haus gelaufen. Ich wusste nicht, was ich tun sollte – wenn ich ihn nicht hierhergebracht hätte, dann wäre er von allein hergekommen", erklärt sie. Ich höre die Frustration in ihrer Stimme, aber Royce ist das egal.

„Dann sollten Sie ihn besser im Auge behalten und sicherstellen, dass er nicht aus dem Haus läuft! Wissen Sie was? Ich habe Ihnen viele Chancen gegeben, und immer wieder haben Sie bewiesen, wie inkompetent Sie sind. Ihr letzter Gehaltsscheck wird noch heute Nachmittag an die Agentur gesendet", sagt Royce.

Die Frau sieht schockiert und etwas wütend aus, aber sie diskutiert nicht herum. Mit einem letzten Blick auf Maddix zuckt sie mit den Achseln. „Vielen Dank für die Chance."

Sie dreht sich um und geht aus der Tür. Royce richtet seine Aufmerksamkeit wieder auf mich. „Sehen Sie, das passiert, wenn Sie meine Erwartungen nicht erfüllen. Es gibt keine Person, die nicht gefeuert werden kann, und niemanden, der nicht aus dieser Fernsehserie gewählt werden kann."

Ich schlucke, versuche meine Nervosität zu verstecken, aber

ich bin mir sicher, dass er es bemerkt. Ich will gerade antworten, als sein kleiner Junge sich einmischt: „Du siehst aus wie meine Mama."

Überrascht starre ich ihn an, weiß plötzlich nicht mehr, was ich sagen wollte. Royce bringt das Kind schnell zum Schweigen, aber ich kann sehen, dass der kleine Junge wirklich verblüfft ist. Er schlendert um den Schreibtisch und schaut mich bewundernd an.

„Ich freue mich, dich kennenzulernen", sage ich endlich. Ich bin mir nicht sicher, wie ich reagieren soll. Ich wusste, dass Royce einen Sohn hatte, aber nicht viel mehr. Seit der berüchtigten Kollision, die Royce und seine Familie vor einigen Jahren hatten, hat er seinen Sohn aus der Öffentlichkeit herausgehalten. Er wurde nur ein paar Mal in seinen Büchern erwähnt und ist nie in den Shows aufgetaucht, bei denen Royce anwesend war.

„Ich freue mich auch dich kennenzulernen", antwortet Maddix. „Wie heißt du?"

„Ich bin Kayla. Wie heißt du?", frage ich mit einem herzlichen Lächeln.

„Maddix", sagt er stolz. Er starrt mich immer noch an, als würde es ihm schwerfallen zu glauben, dass ich echt bin.

„Was für ein cooler Name!"

Er grinst, als er seine Hände in die Hosentaschen steckt, aber er sagt nichts.

„Ich ziehe es vor, dass Sie Maddix in Ruhe lassen", meldete sich Royce abrupt. „Ich lasse ihn nicht in Kontakt mit der Öffentlichkeit kommen."

„Aber ich mag sie, Papa!", nörgelt Maddix. „Ich will, dass sie meine Freundin ist."

„Maddix, du sollst nicht hierherkommen, wenn ich arbeite. Dafür gibt es gute Gründe", verkündete Royce tonlos. Ich bin neugierig und ein wenig sauer. Ich bin nicht die Öffentlichkeit.

Ich bin nur ein Mensch. Ich versuche, freundlich zu sein, aber Royces Stimme verrät, wie ernst es ihm damit ist, dass ich seinen Sohn in Ruhe lassen soll.

Maddix sieht verärgert aus, als er sich auf den Stuhl gegenüber von Royce setzt. Er baumelt mit den Beinen und sieht gelangweilt aus, aber ich sage nichts weiter zu ihm. Ich kann mir nicht vorstellen, wie es ist, das Kind eines berühmten Menschen zu sein, das von der Öffentlichkeit ferngehalten wird.

Royce unterbricht die Stille. „Wenn das alles ist, dann können Sie jetzt gehen." Ich richte meine Aufmerksamkeit wieder auf ihn und sehe, dass er besorgt ist, weil ich mich für seinen Sohn interessiere. Der Junge ist von mir gefesselt, und ich weiß nicht warum.

„Das ist alles. Ich verspreche, dass ich morgen besser sein werde." Er erwidert nichts, sondern nickt nur. Ich drehe mich unbeholfen um und gehe aus der Tür, immer noch unglaublich verwirrt. Was für einen seltsamen Umgang er mit seinem Sohn pflegt. Ich kann nicht anders, als mich zu fragen, warum er ihn vor allem schützen will.

Ich weiß, dass es mich nichts angeht. Ich habe wichtigere Dinge, über die ich mir Sorgen machen muss. Ich muss einen besseren Eindruck auf Royce machen, und ich bin entschlossen, das auch zu tun. Mir ist es egal, was Monique mit ihrem Nachmittag macht – ich gehe zurück in unser Zimmer, um zu lernen.

Morgen muss ich besser sein als heute. Oder ich könnte sehr wohl die erste Person sein, die nach Hause geschickt wird.

KAPITEL 5

Ich schaue mir die Kindermädchenprofile auf der Website der Agentur an, aber meine Gedanken wandern zurück zu Kayla. Ich weiß nicht, warum ich sie nicht aus dem Kopf bekommen kann. Sie ähnelt meiner Frau, aber sie benimmt sich nicht wie sie. Kayla hat mehr Selbstvertrauen als Claire, und es fällt mir nicht leicht, die beiden Frauen in meinem Kopf auseinanderzuhalten.

Es hat sicherlich nicht geholfen, dass Maddix von ihr so begeistert ist. Als er ihr sagte, dass sie wie seine Mutter aussähe, bestätigte das nur, dass ich nicht verrückt bin. Es besteht eine Ähnlichkeit.

Sie um mich zu haben, frustriert mich. Ich muss die ganze Zeit an Claire denken. Vergleiche die beiden Frauen automatisch. Ich kann mir nicht helfen. Ich vermisse meine Frau jeden Tag und frage mich oft, warum nicht ich bei dem Unfall ums Leben gekommen bin. Oft wünschte ich mir, wir wären beide getötet worden.

Obwohl, wer hätte sich denn dann um Maddix gekümmert?

„Fertig machen zum Drehen", sagt John, während er an die Tür zu meinem Büro klopft. Ich schaue vom Computer auf, und er lächelt. „Heute nehmen wir sie mit in den OP und sehen, was sie draufhaben. Wir haben für die Show eine Attrappe eingerichtet, um zu sehen, ob sie fähig sind, Entscheidungen zu treffen, die einer Person das Leben retten können."

„Klingt furchtbar." Das Letzte, was ich will, ist dabei zuzuschauen, was die Praktikanten mit einer Puppe anstellen. Ich habe nicht die Geduld dafür. Nicht heute, nicht mit allem, was gerade auf mir lastet.

„Wir arbeiten bereits am Schnitt der ersten Show, die am Montag ausgestrahlt werden soll. Ich will, dass es gut wird. Wenn die Pilotfolge gute Bewertungen bekommt, brauchen wir etwas, um es zu toppen", antwortet John.

Ich schüttle den Kopf. „Ich bin in einer Minute da."

Er geht, und ich seufze, lehne mich zurück und schaue an die Decke. Es wird ein langer Tag, das weiß ich jetzt schon. Ich muss das Beste daraus machen. Ich muss diese Serie hinter mich bringen und dann mit meinem Leben weitermachen. Die Bezahlung ist großartig. Darauf muss ich mich konzentrieren.

Ich stehe auf und gehe zur Tür, will die Dreharbeiten einfach nur hinter mich bringen. Ich habe eigentlich andere Dinge zu tun, aber der Vertrag fordert, dass ich Johns Zeitplan einhalte.

Alle Praktikanten melden sich wieder in dem Raum zurück, genau wie am Vortag. Ich lese vom Teleprompter und erkläre ihnen, was wir mit dem Dummy machen.

„Irgendwelche Fragen?", will ich wissen und gebe mir Mühe, nicht zu Kayla zu schauen, aber ich bemerke, dass sie hinter der Gruppe steht.

Nach einer kurzen Pause erkläre ich: „Gut, lasst uns anfangen."

Wir marschieren in den inszenierten Operationssaal. Ich fange an, die Praktikanten über Dinge zu befragen, die sie schon gelernt haben sollten, und konzentriere mich dabei auf Kayla.

Ein Teil von mir möchte, dass sie scheitert. Ich möchte, dass sie nach Hause geschickt wird, damit ich sie vergessen kann und vergesse, wie sehr sie mich an Claire erinnert.

Zu meinem Erstaunen weiß sie die Antworten auf meine Fragen und erzählt sogar mehr, als ich sie frage. Ich bin beeindruckt, obwohl ich es nicht zeige.

„Wenn Sie die Operation beenden, nähen Sie den Patienten zu, bevor er erwacht. Während dieses gesamten Prozesses werden Sie sehr eng mit Ihrem Anästhesisten zusammenarbeiten, um sicherzustellen, dass der Patient nicht zu früh aufwacht", sage ich.

Kayla hebt die Hand. „Sollte man nicht während der gesamten Operation schon nähen? Wunden schließen, so gut man kann und wenn man es kann?", fragt sie. „Wir versuchen, Traumata am Körper sowie Blutverlust zu minimieren."

„Ja, Kayla, vielen Dank, dass Sie darauf hingewiesen haben. Einige Leute hier sind sich dessen vielleicht nicht bewusst", antworte ich, kann aber nicht glauben, dass sie die Kühnheit besitzt, mir ins Wort zu fallen. Natürlich ist das, was sie gesagt hat, richtig, aber ich fühle mich korrigiert. Es ärgert und beeindruckt mich gleichzeitig.

Es ist an den Gesichtern der anderen Praktikanten abzulesen, dass sie sich wünschen, dass sie sich zu Wort gemeldet hätten, aber jetzt ist es zu spät. Kayla weiß, wovon sie spricht, und sie hat das Selbstvertrauen, es auch auszusprechen. Ich mag das an ihr. Sie zögert nicht mehr bei ihrer Antwort – eine bemerkenswerte Veränderung gegenüber gestern.

Der Tag geht weiter, und egal wie sehr ich versuche, sie aus dem Gleichgewicht zu bringen, sie hat immer eine Antwort oder Lösung. Sie weiß sogar, wie die verschiedenen medizinischen Werkzeuge eingesetzt werden, und ich sehe mit Freude, wie sie sie an der Attrappe einsetzt. Sie ist ein Naturtalent, und ich bin überzeugt, dass sie eines Tages eine unglaubliche Chirurgin sein wird.

Dennoch möchte ein Teil von mir, dass sie diejenige ist, die nach Hause geschickt wird. Gleichzeitig ist mir klar, dass sie hart arbeitet, um bleiben zu können. Sie wird nicht kampflos gehen, und im Moment habe ich den Eindruck, dass sie die meisten anderen in der Gruppe übertrifft.

„Das war's!", sagt John schließlich. Ich bin erleichtert, dass es endlich vorbei ist und ich meine Aufmerksamkeit darauf richten kann, ein Kindermädchen für Maddix zu finden. Es gefällt mir nicht, dass er heute Nachmittag wieder ins Büro kommt. Die Babysitterin, die ich eingestellt habe, kann nur so lange bleiben, bis sie selbst zur Arbeit gehen muss. Je früher ich ein anderes Kindermädchen bekomme, desto besser.

„Kayla, ich möchte mit Ihnen in meinem Büro sprechen", sage ich beiläufig, als sich die Praktikanten zerstreuen. Sie sieht überrascht aus, folgt mir aber. „Ich wollte Ihnen sagen, dass Sie heute gute Arbeit geleistet haben. Ich hätte nicht gedacht, dass Sie sich so gut von den anderen abheben würden. Sie sollten stolz auf sich sein."

„Danke, das bin ich", antwortet sie mit einem Grinsen. „Und ich verspreche, dass es erst der Anfang ist."

„Machen Sie einfach weiter so. Das ist alles."

Sie lächelt, und mein Herzschlag setzt für eine Sekunde aus. Ich kann nicht leugnen, dass ich sie mag. Ich mag sie sehr, und ich bin mir sicher, dass man es mir anmerkt. Sie scheint es zu wissen. Sie wirkt selbstbewusster, als sie sich der Tür zuwendet.

„Du wieder?", fragt Maddix, als er sie sieht. Ich zucke zusammen. Ich wusste nicht, dass er so früh kommen würde und hatte gehofft, dass Kayla bis zu seiner Rückkehr schon verschwunden sein würde.

„Tut mir leid, ich weiß, dass wir ein paar Minuten zu früh dran sind, aber ich wurde zur Arbeit gerufen", sagt Sue, als sie in der Tür erscheint. „Oh, ich wusste nicht, dass Sie Besuch haben."

„Egal", antworte ich. „Er kann reinkommen."

„Ich war bereits am Gehen", sagt Kayla. „Es war schön, dich wiederzusehen, Maddix."

„Du hast dich an meinen Namen erinnert!", strahlt Maddix. Kayla bleibt stehen, und ich beiße mir auf die Zunge. Ich möchte nicht, dass Maddix sich zu sehr mit ihr anfreundet. Auch er wird an seine Mutter erinnert, wenn sie da ist, und ich fürchte, es ist nicht gut für ihn. Es hat sehr lange gedauert, bis er nach dem Autounfall wieder halbwegs normal war, und obwohl wir jetzt nie darüber sprechen, befürchte ich, dass Kayla Erinnerungen zurückbringen wird, die er vergessen sollte.

„Natürlich erinnere ich mich – wie könnte ich jemanden vergessen, der so toll ist wie du?", fragt sie. Ich nehme an, dass sie weiß, was passiert ist. Ich bin froh, dass sie es nicht anspricht. Ich bin es leid, darüber zu reden oder einfach nur darüber nachzudenken. Ich möchte mich nicht mit ihr darüber unterhalten.

Gleichzeitig bin ich erstaunt, wie gut sie mit Maddix auskommt. Sie ist ein Naturtalent, das ist sicher. Ich wünschte fast, sie stünde tagsüber zur Verfügung, um auf ihn aufzupassen, aber ich könnte sie nie darum bitten.

„Nun, ich gehe jetzt besser", ruft sie und blickt mich an. Sie denkt wahrscheinlich daran, dass ich ihr gesagt habe, dass sie nicht mit Maddix reden soll, und für einen kurzen Moment bedauere ich es. Doch ich will darüber jetzt nicht genauer nachdenken. Ich habe wichtigere Dinge, um die ich mich kümmern muss.

„Bis morgen." Ich weiß nicht, warum ... Ich kann mir nicht helfen. Ich mag das Mädchen.

Ich mag das Mädchen sehr.

KAPITEL 6

Ich kann nicht glauben, wie die Zeit vergeht. Ich habe meine ganze Freizeit damit verbracht, verschiedene medizinische Bücher zu studieren, vor allem solche, die von Royce geschrieben oder unterstützt wurden. Natürlich habe ich seine medizinischen Bücher gelesen, aber da ich bei dieser Serie mitmache, möchte ich ihm wirklich beweisen, dass ich weiß, was ich tue.

Wir haben schon fünf Wochen lang gedreht. Ich finde, so langsam habe ich den Dreh raus. Ich bin selbstbewusster vor der Kamera, und ich habe keine Angst, mich zu äußern oder meine Meinung zu sagen. Die Produzenten lieben jede Art von Drama, und scheinen es zu fördern.

Natürlich sind sie subtil und stellen sicher, dass sie alles im Kasten haben, ohne dass die Praktikanten etwas davon merken.

Ich bin auch zufrieden mit meiner Beziehung zu Royce. Ich habe noch nie in meinem Leben einem Mann gegenüber so empfunden. Es ist nicht nur Bewunderung, oder das verträumte Verliebtsein, das ich seit Jahren ihm gegenüber empfinde. Ich habe das Gefühl, dass wir uns auf einer ganz neuen Ebene verbinden. Ich verliebe mich in ihn! Und ich glaube, dass er sich auch in mich verliebt! So, wie er mich anschaut, die Art, wie er mit mir interagiert, unterscheidet sich von den anderen Praktikanten. Es besteht eine Verbindung zwischen uns, die ich mir nicht bloß einbilde. Ganz zu schweigen davon, dass ich seinen Sohn gerne bei jeder sich bietenden Gelegenheit sehe. Maddix ist ein süßes Kind, und man merkt, dass der Junge mich liebt. Ich bemerke, dass Royce mittlerweile entspannter ist, wenn ich mit seinem Sohn spreche.

Das ermutigt mich unweigerlich. Vielleicht ist ja wirklich etwas zwischen uns.

„Warum zum Teufel liest du schon wieder?", fragt Monique, als sie den Raum betritt. Ich rolle mit den Augen. Obwohl ich gern gesehen hätte, dass die Show uns wieder zusammenbringt, hat sie unsere Beziehung bisher nur noch stärker belastet. Und dass nur eine Handvoll von uns übrig ist, macht es nicht besser. Jede Woche nähern wir uns dem Punkt, an dem einer von uns beiden nach Hause gehen muss.

„Ich will es gut machen", antworte ich.

„Du gibst mit deinem Wissen doch schon mehr an als alle anderen. Ich weiß nicht, warum du dir noch die Mühe machst", sagt sie trocken.

„Ich gebe nicht an! Ich gebe nur gerne mein Bestes."

„Um mehr von Royces Aufmerksamkeit zu bekommen?", fragt Monique. „Du weißt, dass das der Grund ist, warum du es tust."

„Nein, ich mache es, weil ich nicht aus der Show gewählt werden will!", fauche ich. Ich habe das Gefühl, als müsste ich mich verteidigen, wenn sie über Royce spricht. Ich weiß, dass sie eifersüchtig auf meine Beziehung zu ihm ist. Man merkt es ihr jedes Mal, wenn sie darauf zu sprechen kommt, an.

„Klar, und deshalb verbringst du so viel Zeit in seinem Büro, wenn wir nicht drehen", antwortet sie abfällig.

„Ich weiß nicht, wovon du sprichst. Würdest du mich jetzt bitte in Ruhe lassen? Ich versuche zu lernen."

„Du leugnest es vor dir selbst", antwortet sie. „Sonst würdest du es nicht so vehement abstreiten."

„Ich streite es ab, weil es nicht wahr ist!" Ich versuche, meine Stimme nicht zu erheben, aber es kostet mich Mühe. Sie ärgert mich und macht die Situation nicht besser. Ich glaube immer noch, dass sie es nur aus Eifersucht tut, und ich möchte, dass sie damit aufhört. Es geht sie nichts an, was ich in meiner Freizeit mache.

„Was ist nur los mit dir?", fragt sie. „Was ist mit uns los? Du weißt, dass es eine Zeit gegeben hat, in der wir nie über so etwas gestritten hätten, aber jetzt ist alles so anders."

Ich seufze. Sie hat Recht, aber ich weiß nicht, wie ich die Dinge reparieren soll. „Ich weiß es nicht. Ich vermisse diese Zeit."

„Du hast dich in den letzten Jahren sehr verändert", stellt sie fest. „Als wir die Schule beendet haben, hat sich etwas verändert."

„Du hast dich selbst ziemlich verändert." Ich verteidige mich schon wieder. „Nicht nur ich."

„Vielleicht liegt es daran, dass wir älter werden. Ich verstehe es nicht. Es gab eine Zeit, in der ich dachte, wir wären für immer beste Freunde", sagt sie mit einem weiteren Seufzer.

„Nun, du kannst ja versuchen, netter zu mir zu sein. Du bist diejenige, die sich in eine Zicke verwandelt hat."

„Ich bin die Zicke? Ich versuche gerade unsere Beziehung zu kitten, und du sagst mir, dass ich eine Zicke bin?", faucht sie. Sie ist jetzt eindeutig wütend, aber es ist mir egal.

„Alles, was du tust, ist deine Zeit mit Lesen zu verbringen und anzugeben. Du tust alles, was du kannst, um besser dazustehen als ich!" Sie schüttelt den Kopf.

Ich gluckse. „Du hasst es, wenn ich besser bin als du. Ich bin nur das Mädchen, das ihr ganzes Leben lang in deinem Schatten bleiben sollte!", sage ich. Die Wut kehrt zurück, und ich habe keine Lust sie zu unterdrücken.

„Du warst immer eifersüchtig auf mich!", antwortet sie mit einem weiteren Lachen. „Du warst neidisch, dass ich seit dem Kindergarten schöner bin als du! Ich habe dich immer in allem übertrumpft. Und du hast das nicht ertragen. Na und?! Versuchst du jetzt, mich wieder zu übertrumpfen? Um zu beweisen, dass du etwas aus deinem Leben machen kannst?"

„Geh raus!", schreie ich. „Hau einfach ab!"

„Weißt du was? Fick dich!", ruft sie zurück. „Das ist auch mein Zimmer, Zicke. Das war eine verdammt blödsinnige Idee, und ich weiß nicht, warum ich mich von dir dazu habe überreden lassen, überhaupt bei der Show mitzumachen! Ich habe nur mitgemacht, weil ich mich nach all dieser Zeit wieder mit dir versöhnen wollte!"

„Du hast vorgehabt, mich zu schlagen – und jetzt, da es nicht funktioniert, flippst du aus!", argumentiere ich. „Ich kenne dich gut genug. Du kannst es nicht ertragen, wenn du nicht im Rampenlicht stehst. Soll ich dir was sagen? Ich bin nicht mehr in deinem Schatten, und ich werde mich nicht wieder ducken!"

„Ich gehe! Ich habe das Drama satt, und ich habe es satt, dir beim Flirten mit Royce zuzusehen. Du machst dich im Reality-TV zum Narren, und ich bin es leid, ein Teil davon zu sein." Monique geht hinüber und schnappt sich ihren Koffer, der unter ihrem Bett liegt, öffnet ihn und fängt an ihre Sachen hineinzuwerfen.

„Das war es jetzt also?", frage ich schockiert. „Du gehst einfach weg? Wenn du denkst, dass etwas zwischen mir und Royce vor sich geht - und ich kann dir hier und jetzt sagen, dass dem nicht so ist – dann reicht dir das nicht aus? Du musst noch einen obendrauf setzen, indem du wegläufst?"

„Ich bin hier fertig. Ich wollte gar nicht erst im Fernsehen sein, und diese ganze Show ist sowieso manipuliert. Du bist diejenige, die gewinnt. Das ist bereits entschieden. Sie werden bis zum Schluss für Drama sorgen, und dann wird irgendetwas mit dir und Royce geschehen", sagt sie, ohne mich anzuschauen.

„Nichts wird geschehen, weil nichts vor sich geht", sage ich und versuche, ruhig zu bleiben. Ein Teil von mir ist erleichtert, dass sie geht. Auf diese Weise wird es viel einfacher, als wenn einer von uns abgewählt und nach Hause geschickt wird. Gleichzeitig habe ich Angst vor dem Gedanken, ganz allein in L.A. zu sein.

Obwohl ich mich mit ein paar anderen Praktikanten sowie mit einigen Mitarbeitern des Krankenhauses anfreundet habe, wird es nicht dasselbe sein, wenn Monique nicht mehr da ist.

„Na gut. Schön. Mach halt!", sage ich, als sie nicht antwortet. Ich wende meine Aufmerksamkeit wieder auf das Buch vor mir, kann mich aber nicht konzentrieren. Monique geht, und es gibt nichts, was ich dagegen tun kann. Ich werde sie nicht bitten, zu bleiben, und ich werde nicht versuchen, sie von der Wahrheit zu überzeugen, wenn sie sich bereits entschieden hat.

Ich werde den Titel des Top-Chirurgen wegen meiner Fähigkeiten gewinnen, nicht wegen dem, was zwischen Royce und mir ist. Ich brauche niemanden zu bestechen. Ich bin gut in dem, was ich tue, und das ist es, was mich Woche für Woche weiterbringt.

Monique schließt ihren Koffer und schlägt die Tür hinter sich zu. Ich bin allein. Es stimmt, sie ist weg, und ich bleibe. Ich seufze, schüttle den Kopf und denke nach. Ein Teil von mir fühlt sich schuldig, aber es gibt einen größeren Teil von mir, dem es egal ist.

Es ist nun einmal so, wie Royce es immer sagt: wenn du dem Druck nicht standhalten kannst, dann geh.

KAPITEL 7

„Kayla, wenn es dir nichts ausmacht, würde ich dich gerne in meinem Büro sehen", sage ich am Ende der Aufnahmen. Kayla lächelt. Ich weiß, dass sie nichts dagegen hat. Ich lade sie oft in mein Büro ein, und wir reden über verschiedene Dinge. Zuerst wollte ich mich nur darüber unterhalten, wie es mit der Serie weitergeht, aber mit der Zeit fing ich an, nach Gründen zu suchen, mit ihr allein zu sein.

Ich genieße es, Zeit mit Kayla zu verbringen. Sie ist schön und schlau. Und obwohl sie mich immer noch an Claire erinnert, habe ich ihre Individualität zu schätzen gelernt. Ich habe nicht einmal etwas dagegen, dass Maddix mit ihr im Krankenhaus Zeit verbringt. Ich bin immer noch auf der Suche nach dem richtigen Kindermädchen, und bis ich ein passendes finde, kommt er mich nachmittags besuchen.

Wir gehen zu meinem Büro, und ich schließe die Tür hinter ihr. Ich möchte, dass wir heute etwas Privatsphäre haben.

„Setz dich", sage ich, während ich zu meinem eigenen Stuhl gehe. Sie setzt sich mir gegenüber und lächelt erwartungsvoll.

„Ich wollte Sie fragen, ob alles in Ordnung ist. Es scheint, als ob Sie heute gedanklich ein wenig abwesend waren." Schon jetzt sieht sie traurig aus, versucht aber es zu verbergen.

Sie seufzt mit einem müden Lächeln. „Ja, ich bin okay. Ich bin einfach gestresst, weil Monique nach Hause geht. Ich meine, ich habe versucht, sie zum Bleiben zu bewegen, aber sie hört nicht zu. Ich habe darüber nachgedacht, was Sie gesagt haben, und ich denke, sie konnte nicht mit dem Rest von uns mithalten, also ist es wahrscheinlich gut, dass sie gegangen ist", sagt sie bestimmt. Ein Teil von mir denkt, dass sie versucht, sich selbst zu überzeugen und gleichzeitig versucht, mir eine logische Erklärung zu geben.

„Die Produzenten haben mir gesagt, dass sie sich entschlossen hat zu gehen. Das wird die Show etwas schwieriger machen. Ich denke, sie werden jemanden holen, um sie zu ersetzen, damit die Show für die gesamten zehn Episoden laufen kann." Ich weiß, dass wir den Teilnehmern nicht viele Insider-Informationen geben sollen, aber bei Kayla ist das anders. Sie wird nicht ausplaudern, was vor sich geht.

„Oh Mann, das macht es mir nur schwerer", sagt sie mit einem Grinsen.

Ich lache. Ich mag ihr Selbstvertrauen, und ich weiß, dass sie denkt, dass sie gewinnen wird. Ich hoffe, sie tut es, aber ich bin mir nicht ganz sicher, wie die Produzenten sich entscheiden. Sie lassen es so aussehen, als ob die Praktikanten abstimmen würden und die endgültige Entscheidung bei mir liegt, aber ich glaube, John hat viel mehr Mitspracherecht in der Angelegenheit, als er zugibt.

„Ich bin mir sicher, dass Sie sich gut schlagen werden. Sie haben sich in den letzten Wochen sehr verbessert. Sie waren unglaublich gut." Sie errötet, und ich lächele. Sie ist wunderschön, aber offenbar immer noch von mir eingeschüchtert. Sie will einen guten Eindruck machen. Wir kennen uns seit über einem Monat und flirten fast täglich miteinander, doch ich merke, dass sie in meiner Nähe zurückhaltender ist.

„Ich habe hart gearbeitet. Ich übe und lerne viele Stunden am Tag", sagt sie bescheiden.

„Machen Sie weiter mit der guten Arbeit. Ich bin zufrieden mit Ihrer Arbeit, und wenn es jemanden hier gibt, den ich gewinnen sehen möchte, dann sind Sie es. Was ist der Preis?"

„Sie geben uns einen Geldpreis, und ich bin mir ziemlich sicher, dass wir ein Vorstellungsgespräch mit dem Krankenhaus unserer Wahl führen dürfen", sagt sie mit einem Achselzucken. „Ich muss erst mit der Schule fertig sein, bevor ich darüber nachdenken kann."

„Vielleicht könnte dies hier das Krankenhaus Ihrer Wahl sein?", necke ich sie. „Sie kennen sich hier schon aus, kennen das Krankenhaus in- und auswendig. Ich habe Sie durch die Gänge laufen sehen, und es hat den Anschein gemacht, als ob Sie schon immer hier gewesen sind."

„Ich lerne neue Dinge schnell", sagt sie. „Ich denke, das ist der Grund, warum das Studium mir so sehr hilft. Während alle anderen feiern, lerne ich in meinem Zimmer etwas über das Herz-Kreislauf-System und das Muskelgewebe."

„Am Ende wird sich das alles auszahlen. Ich weiß, im Moment scheint es nicht lohnenswert, aber auf lange Sicht es ist wichtig. Wenn Sie erst einmal die Karriereleiter emporgeklettert sind und das Leben haben, das damit einhergeht, während der Rest von ihnen versucht, über die Runden zu kommen, werden Sie feststellen, dass es gar nicht so schlimm war, in diesem Raum zu bleiben, während die anderen dumm geblieben sind", sage ich mit einem Lächeln. „Ich erinnere mich, als ich in Ihrem Alter war, habe ich auch sehr viel Zeit allein verbracht. Ich hätte damals nicht geglaubt, dass mir das irgendetwas bringen würde, aber jetzt schauen Sie, wo ich bin. Ich hätte niemals solchen

Erfolg gehabt, wenn ich damals nicht hart dafür gearbeitet hätte."

Ich will nicht aufdringlich klingen. Und ich möchte mich wirklich nicht wie ihre Eltern anhören, aber gleichzeitig möchte ich, dass sie versteht, dass das, was sie tut, wichtig ist, und auch wenn sie jetzt vielleicht das Gefühl hat, dass sie den ganzen Spaß verpasst, wird es sich am Ende auszahlen. Ich würde gern sehen, dass sie im Leben erfolgreich ist. Es ist unwahrscheinlich, dass wir in Kontakt bleiben werden, wenn die Serie vorbei ist, doch ich möchte eines Tages von ihrem Erfolg hören.

Sie schaut mich mit leuchtenden Augen an. Ich merke, dass meine Worte sie beeindrucken. „Ich weiß nicht, ob es sich gelohnt hat, meine Freundschaft mit Monique deswegen zu verlieren. Ich meine, wir sind schon seit Ewigkeiten befreundet, und die Dinge liefen schon eine ganze Weile nicht so gut zwischen uns. Ich hatte gehofft, dass wir, wenn wir hierherkommen, in der Lage sein würden, die Freundschaft neu aufleben zu lassen und vielleicht das zu retten, was wir einmal hatten."

Ich schüttle den Kopf. „Ich bin mir sicher, dass Monique ein sehr nettes Mädchen ist, aber Sie müssen verstehen, dass es Zeiten gibt, in denen die Leute, die Ihnen wichtig sind, diejenigen sind, die Sie im Leben zurückhalten. Sie hat es wahrscheinlich nicht so gemeint, und Sie können sich in Zukunft wieder mit ihr treffen, aber im Moment müssen Sie sich auf das konzentrieren, was für Sie richtig ist. Mit jemandem zusammen zu sein, der einen zurückhält, ist nicht wirklich gut."

„Glauben Sie, dass sie mich zurückgehalten hat?" Kayla ist ehrlich schockiert.

Ich nicke. „Ich habe gesehen, wie sie Sie vor der Kamera behandelt hat. Da war definitiv eine Menge Eifersucht, und es schien, als wollte sie Sie scheitern sehen. Das ist keine echte Freundschaft", erkläre ich.

Sie schaut nach unten, um darüber nachzudenken. Zweifellos ist sie aufgewühlt und weiß nicht, was sie denken soll. Aber ich muss mit meinem Tag weitermachen, also räuspere ich mich, und sie schaut wieder auf. Ich lächle.

„Ich bin froh, dass Sie gekommen sind, um mit mir zu sprechen, und ich möchte, dass Sie wissen, dass ich stolz darauf bin, wie Sie die Sache mit Ihrer Freundin geregelt haben. Es ist nicht immer einfach, aber Sie haben das Richtige getan. Und jetzt machen Sie besser, dass Sie hier rauskommen und sich wieder in die Bücher vertiefen. Ich muss einige Besorgungen machen", sage ich und schaue auf die Uhr.

Sie erhebt sich und streckt lächelnd die Hand aus. „Vielen Dank, Herr Dr. Royce."

Ich stehe auf, um ihr die Hand zu schütteln, aber in dem Moment jagt ein Schmerz durch mein Bein. Ich wimmere und halte mein Knie.

„Sind Sie in Ordnung?", ruft sie.

„Mir geht es gut. Ich hatte vor ein paar Jahren einen Autounfall und habe mich verletzt. Es ist nichts Ernstes", antworte ich.

„Lassen Sie mich das anschauen", sagt Kayla, während sie um den Schreibtisch herumläuft. Ich schüttle den Kopf.

„Es ist in Ordnung, wirklich", sage ich noch einmal, aber sie hört nicht zu.

„Wenn Sie es in letzter Zeit nicht haben kontrollieren lassen, und ich vermute, dass Sie das nicht haben, wäre es klug, wenn ich es mir anschaue. Es kann niemals schaden, eine andere Meinung einzuholen", sagt sie, während sie neben mir kniet.

Ich weiß, dass ich okay bin, aber das Mitgefühl und die Sorge in ihren Augen zeigen mir, dass sie sich wirklich Sorgen um mich macht, und ich kann sie nicht abweisen. Sie braucht diese Art von Praxis, bei der sie lernt, mit echten Patienten umzugehen. Aber eines ist offensichtlich: Sie wird eines Tages eine verdammt gute Ärztin abgeben.

KAPITEL 8

Ich schaue mir Royces Bein genau an und denke nicht einmal darüber nach, was ich tue. Es war rein instinktiv, zu ihm zu gehen und ihn zu untersuchen, wenn er verletzt ist. Natürlich weiß er, wovon er spricht. Ich bin mir des Autounfalls, auf den er sich bezieht, bereits bewusst, aber da es vor fast fünf Jahren passiert ist, kann ich mir nicht vorstellen, dass er heute noch solche Schmerzen haben sollte.

Als ich sein Bein abtaste, spüre ich Schäden an den Sehnen um seine Kniekappe und merke, dass sein Gelenk leicht steif ist. Er verzieht das Gesicht unter meiner Berührung, aber ich bin so sanft, wie es geht. Daran muss ich mich gewöhnen, wenn ich regelmäßig mit Patienten arbeiten will.

„Ich denke, Sie haben Recht, aber warum haben Sie sich nicht darum gekümmert?" Ich schaue ihm ins Gesicht. Wieder einmal fällt mir auf, wie gut er aussieht, und plötzlich geniere ich mich.

„Ich will nicht lange krank sein und zuhause bleiben müssen. Es ist nichts, womit ich nicht leben kann, und es wird mit der Zeit schlimmer werden. Wenn es unerträglich wird, muss ich etwas dagegen tun, aber im Moment habe ich Arbeit zu erledigen und einen Sohn, um den ich mich kümmern muss", antwortet er.

„Sie wissen, dass ich mich gern um Maddix kümmern würde, falls Sie Hilfe brauchen", platze ich heraus. Ich verstumme. Was rede ich da? Wenn wir mit den Dreharbeiten für die Serie fertig sind, fahre ich zurück nach Chicago, und wenn er eine Knieoperation benötigt, wird er monatelang nicht laufen können. Wo würde ich übernachten? Wie sollte ich mir das leisten können?

„Das ist sehr nett von Ihnen. Ihre Manieren sind vorbildlich", sagt Royce schmunzelnd. Mein Herz schmilzt. Ich bin immer noch rot, als ich sein ehrliches Lächeln sehe. Es ist so anders als das professionelle und höfliche Lächeln, das er normalerweise aufsetzt. Ich spüre eine Verbindung zwischen uns, und er hält sich zurück.

Trotzdem kann ich nicht anders. Ich weiß, dass ich gehen sollte, aber ich werde von einer Leidenschaft überrollt, die ich nicht länger ignorieren kann. Ich spüre die sexuelle Spannung schon seit einiger Zeit. Es besteht kein Zweifel, dass er dasselbe empfindet. Langsam streiche ich mit meiner Hand von seinem Knie über sein Bein und berühre kurz seinen inneren Oberschenkel. Er keucht und zieht sich zurück.

Entsetzt stehe ich auf und trete einen Schritt zurück. „Es tut mir leid. Ich weiß nicht, was über mich gekommen ist. Ich sollte jetzt gehen."

„Nein, warte! Es tut mir leid", sagt er, als er von seinem Stuhl aufsteht. „Es ist nur das ... es ist so lange her, und ich finde dich sehr attraktiv."

Ich schaue ihm in die Augen, versuche irgendetwas zu sagen. Nichts scheint Sinn zu ergeben, aber ich habe sowieso keine Chance zu antworten. Mit einem einzigen Schritt steht Royce vor mir und presst seine Lippen auf meine. Wieder einmal bin ich von der Leidenschaft des Augenblicks überwältigt und erwidere den Kuss. Ich habe Angst, dass jemand hereinkommt, aber Royce scheint sich darüber keine Gedanken zu machen, also kapituliere ich.

Er dreht sich mit mir in den Armen um und schiebt mich mit dem Hintern gegen seinen Schreibtisch. Seine Hände sind auf meinem ganzen Körper, während ich seinen erkunde. Ich kann durch seine Jacke spüren, wie muskulös er ist – was mich nicht wirklich überrascht. Er ist bekannt für seine gesunde Lebensweise und sagt, dass Prävention oft das beste Heilmittel ist.

Ich bin stolz auf meine eigene Figur, und ich habe nichts dagegen, als er seine Hände unter mein Shirt schiebt und zu meinen Brüsten hochwandern lässt. Ein leichtes Stöhnen entweicht meinen Lippen, und mit einer weiteren plötzlichen Bewegung hebt er mich auf seinen Schreibtisch, ohne sich um die Gegenstände zu kümmern, die auf den Boden fallen. Ich kämpfe mit meinem Shirt und versuche, es auszuziehen, während er die Schnalle an seinem Gürtel öffnet.

Er schiebt seine Hose nach unten, und ich habe mich endlich von meinen Sachen befreit. Ich bin froh, dass ich mich entschieden habe, meine roten Spitzenhöschen zu tragen, obwohl Royce nicht zu bemerken scheint, wie sexy sie sind. Er küsst mich wieder und reibt mit seiner Hand zwischen meinen Beinen. Ich wimmere. Ich kann nicht glauben, dass ich das tue! Die Erotik der Situation bringt mich vollkommen um den Verstand.

Royce schiebt seine Finger in mein Höschen und schiebt sie dann sanft in mich hinein. Ich stöhne noch einmal, als er mich streichelt, und wenn ich mich entspannen würde, würde ich sofort kommen. Doch Royce lässt seine Hand nicht lange dort. Er zieht mein Höschen nach unten, macht einen Schritt nach vorne und drückt seinen harten Schwanz gegen den Schlitz meiner feuchten Muschi.

Ich spreizte meine Beine weiter und rutsche bis zum Rand des Schreibtisches, so dass er tief in mich eindringen kann. Wortlos stößt er in mich und gleitet nach vorne, bis seine ganze Länge in mir ist. Ich schnappe nach Luft. Er füllt mich vollständig aus, stößt mit all der Kraft, die ich mir immer vorgestellt habe, in mich. Ich bin so erregt, ich komme fast sofort, keuchend und mich an ihn klammernd, während die Wellen meines Orgasmus über mich hinwegspülen.

Er legt seine Hände um meinen Hintern und hält mich still, während er weiter stößt. Sein Schwanz gleitet immer wieder sanft in mich. Ich bin so nass! Ich war noch nie in meinem ganzen Leben so erregt! Er bringt mich zu Höhen, die ich noch nie zuvor erreicht habe, und ich komme erneut.

Ich presse meinen Mund an seine Schulter und dämpfe mein Stöhnen so gut, wie ich kann. Dieses Mal dauert es auch bei ihm nicht lange, und nach drei weiteren Stößen spüre ich, wie sein Schwanz zuckt und pulsiert, wie er seinen Samen tief in meine Muschi spritzt. Er lehnt sich für einen Moment an mich, während wir beide den Atem anhalten. Dann tritt er schließlich einen Schritt zurück und zieht sich wortlos aus mir heraus.

Ich weiß nicht, was ich sagen soll, aber ich kann nicht aufhören zu lächeln. Ich hatte keine Ahnung, wie sehr ich ihn ficken wollte, und jetzt fühle ich mich ihm näher. Unsere Liaison ist etwas intensiver, als ich angenommen habe, und ich wage kaum zu glauben, dass dies der Beginn von etwas Großartigem ist.

Ich schnappe mir mein Höschen und die anderen Sachen und ziehe sie schnell an. Royce schließt die Schnalle seines Gürtels, bevor er sich umdreht, um seinen Schreibtisch aufzuräumen. Stille hängt immer noch im Raum, bevor mein Telefon plötzlich brummt. Ich schaue nach unten und seufze.

„Ich denke, ich gehe jetzt besser lernen", sage ich, und Royce gluckst.

„Das ist alles, was du tust, nicht wahr?", neckt er.

„Hey, es ist wichtig, wenn ich eines Tages so gut sein will wie du. Du hast das selbst gesagt", flirte ich.

„Also dann lauf jetzt besser los. Wir sehen uns morgen", antwortet er.

Ich grinse, gehe zur Tür und fühle, wie sein Sperma in mein Höschen läuft. Ich zögere einen Moment, bevor ich die Türklinke hinunterdrücke, doch wieder finde ich keine Worte. Es gibt so viele Dinge, die ich ihm sagen möchte, aber Schweigen scheint am besten zu sein. Bevor ich gehe, werfe ich ihm einfach ein Lächeln über die Schulter zu, das er zwinkernd erwidert.

Das Leben könnte nicht besser sein.

KAPITEL 9

„Ich weiß nicht, irgendwie bist du seltsam", gesteht John, und sieht mich ernst an.
„Du kennst mich gut genug, um festzustellen, ob ich mich anders benehme?", fordere ich ihn heraus.
„Ich kenne dich ziemlich gut", argumentiert er. „Wir arbeiten seit Monaten zusammen."
„Du weißt, wie ich vor den Kameras bin. Außerdem ist es nicht so, dass wir ständig zusammen sind", sage ich trocken.
Er zuckt mit den Schultern. „In Ordnung. Versuche einfach, dein altes Selbst wiederzufinden, wenn du heute vor die Kamera trittst. Wir werden die Dinge für die Praktikanten heute etwas eskalieren lassen. Wir sind bereits in den letzten Wochen. Wir müssen die Dinge intensivieren, um die Einschaltquoten beizubehalten."
„Ich schaue mir die Einschaltquoten nicht an", antworte ich. „Ich würde nicht behaupten, dass sie mich interessieren."
„Nun, du solltest wirklich anfangen, dir die Show anzusehen. Es sind nur ein paar Episoden, die du dir anschauen musst. Du könntest es an einem Abend machen, wenn du willst", sagt

John fröhlich. Er gibt mir noch ein paar Tipps, bevor er geht, und ich bin erleichtert.

Ich kenne John. Er würde sich sofort auf den Fakt stürzen, dass ich mit Kayla geschlafen habe und wahrscheinlich nicht zögern, falls sich ihm die Gelegenheit bieten würde, etwas darüber zu senden. Er hat Recht. Ich habe mich seltsam verhalten. Weil ich von Kayla völlig begeistert bin. Sie geht mir nicht aus dem Kopf. Und ich will auch überhaupt nicht aufhören, an sie zu denken.

Es tut mir nicht leid, dass ich Sex mit ihr hatte, nicht im Geringsten. Aber es war ein Fehler. Ich werde mich nicht auf eine Beziehung mit einer Kandidatin aus der Show einlassen, vor allem nicht mit einer Frau, die dreizehn Jahre jünger ist als ich. Aber ich muss zugeben, für ihre 24 Jahre ist sie ziemlich gut.

Sie mag über ihre Jahre hinaus klug sein, aber das ändert nichts daran, dass es zu einem Skandal ausarten könnte. Das will ich für keinen von uns. Nein, so hart es auch sein wird, wir müssen das beenden, bevor es komplizierter wird, was bedeutet, dass wir uns wieder so verhalten müssen, wie wir das am Anfang getan haben.

Ich werde nicht mehr Mr. Nice Guy sein.

„NEIN, Miss Grid, ich fürchte, das ist falsch. Sie verlieren Ihren Vorsprung. Gibt es einen besonderen Grund warum?", frage ich. Die Kameras laufen, und ich sehe es John am Gesicht an, dass er von dem Drama begeistert ist, das sich jetzt entfaltet. Kayla schaut mich erstaunt an. Sie ist sich nicht sicher, wie sie damit umgehen soll, dass ich mich ihr gegenüber so anders verhalte, und sie ist sichtlich verletzt.

Aber ich habe das Gefühl, dass ich keine Wahl habe. Ich muss sie auf Abstand halten, egal wie gern ich sie an mich ziehen möchte. Ich kann nicht darüber fantasieren, dass wir zusammen sind, wenn das nicht möglich ist. Sie wird die Serie beenden und nach Chicago zurückkehren. Ich werde in das Leben zurückkehren, das ich in den letzten fünf Jahren geführt habe.

Das war nur ein Flirt. Es ist etwas, mit dem ich leben kann, das ich aber nicht fortsetzen darf.

„Und, Pause!", sagt John endlich. Alle Praktikanten sehen erleichtert aus. Obwohl nur noch wenige in der Show übriggeblieben sind, sind sie unglaublich gestresst. Ich denke immer noch, dass Kayla gewinnen wird. Alle hoffen, dass sie gewinnen werden. Jede Woche werden sie besser, und die Konkurrenz ist groß.

Mittags legen wir mit den Dreharbeiten immer eine Pause ein, in der John einige der Ereignisse Revue passieren lässt. Manchmal möchte er rückblickend auf bestimmte Situationen näher eingehen, manchmal gibt er die Anweisung die Dinge mehr zu variieren. Das, was ich an Reality-TV wirklich hasse, ist, wie inszeniert es ist.

Kayla nimmt Blickkontakt mit mir auf, sobald wir die Möglichkeit haben, uns frei zu unterhalten, aber ich ignoriere sie. Ich drehe mich um und laufe zu meinem Büro, bestrebt den Raum, in dem sie sich befindet, so schnell wie möglich zu verlassen. Ich weigere mich, einen Blick zurückzuwerfen, obwohl ich ihren Blick in meinem Rücken spüre, und als ich ihr Spiegelbild in einer der Fensterscheiben sehe, sehe ich die Verwirrung auf ihrem Gesicht.

Ich komme mir wie ein Arschloch vor. Sie muss von meinem Verhalten furchtbar irritiert sein, aber ich kann mit ihr nicht darüber sprechen. Sie dachte offensichtlich, dass wir uns näher als je zuvor sein würden, und fühlt sich durch mein ablehnendes Verhalten wahrscheinlich zurückgewiesen.

„Royce, Royce!", ruft John, der mir auf den Gang hinterhereilt. Er ist die letzte Person, mit der ich jetzt sprechen möchte. Nun, neben Kayla. Ich bleibe stehen und warte auf ihn. „Ich weiß nicht, was zum Teufel du tust, aber mach weiter so. Die Zuschauer werden die plötzliche Veränderung in deinem Verhalten gegenüber Kayla lieben. Es wird für Schlagzeilen sorgen!"

Ich höre nicht wirklich zu, was er sagt, bis er mein verändertes Verhalten gegenüber Kayla erwähnt. Ich starre ihn mit erhobenen Augenbrauen an. „Was meinst du, mein Verhalten hat sich verändert?"

„Oh, du musst dir die Show nicht anschauen, um zu wissen, dass ihr beide dafür bekannt seid, zu flirten. Es geht schon seit Wochen so, und glaub mir, das Publikum liebt es!", kommentiert John freudig erregt.

„Eigentlich weiß ich nicht, wovon du redest", sage ich kalt.

Er schüttelt den Kopf. „Immer ganz der Profi, nicht wahr? Das ist okay, die plötzliche Veränderung wird gut ankommen. Stell dir das vor! Die junge, naive Praktikantin, die sich in den charmanten Arzt verliebt, bekommt plötzlich eine Abfuhr."

Es sticht in meiner Brust. Jetzt komme ich mir noch mehr wie das größte Arschloch der Welt vor. Zugegeben, ich war immer netter zu Kayla, als ich es wahrscheinlich hätte sein sollen, aber ich konnte nicht anders. Ich bin nicht einmal davon überzeugt, dass ich es jetzt kann. Es wird Folter sein, Kayla und mich durch diese Zeit zu bringen. Es wird noch schlimmer sein zu wissen, dass die ganze Welt diese Entwicklung beobachtet.

„Ich bin froh, dass du mit den Aufnahmen zufrieden bist. Und jetzt entschuldige mich bitte, ich muss noch ein paar Dinge erledigen, bevor wir wieder anfangen zu drehen", sage ich. Ich möchte so schnell wie möglich von ihm weg, obwohl ich weiß, dass mein Gespräch mit ihm Kayla von mir fernhält.

„Ja, ja, mach nur! Wir werden eine überraschende Wendung für die Teilnehmer einbringen, um zu sehen, wie sie mit Fällen in einer lokalen Klinik umgehen können. Denke nur an das genialste Genie, das seine eigenen Schuhe nicht zubinden kann", sagt John, während er sich die Hände reibt.

„Du schenkst mir einen freien Nachmittag? Das kommt mir sehr gelegen. Ich könnte die Zeit nutzen, um mich um andere Dinge zu kümmern."

„Toll! Dann lasse ich dich mal gehen, und wir sehen uns morgen wieder", sagt er enthusiastisch. Ich erkenne mich selbst nicht wieder, aber ich bin erleichtert, dass ich Kayla an diesem Nachmittag nicht sehen muss.

„Toll", murmele ich. „Ich wünsche dir einen schönen Tag."

Ich betrete mein Büro, bevor er noch auf etwas anderes zu sprechen kommt, und schließe die Tür hinter mir. Ich lehne mich für ein paar Augenblicke dagegen und versuche, meine Gedanken zu sammeln und seufze. Mir geht Kaylas Blick nicht aus dem Kopf, und ich kann auch den gestrigen Tag nicht abschütteln, als ich sie auf meinem Schreibtisch hatte. Ich bin genauso ratlos wie sie, obwohl ich weiß, dass es die richtige Entscheidung ist.

Ich muss die Gefühle ignorieren, die sich in meinem Kopf drehen, und mich darauf konzentrieren, die Serie hinter mich zu bringen. Kayla ist jung und schön. Sie wird mich vergessen und weitermachen, sobald wir hier fertig sind. Es wird für keinen von uns einfach sein, aber auf lange Sicht ist es richtig so.

Ich kann jetzt nicht darüber nachdenken. Ich muss weitermachen.

Es ist doch das Richtige, nicht wahr?

KAPITEL 10

„Komm, Kayla, du musst dich konzentrieren! Was machst du, Babe?", fragt John und klatscht in die Hände. Ich hasse es, dass wir heute Nachmittag in eine örtliche Klinik gegangen sind, um zu drehen. Ich wünschte, Royce wäre auch gekommen.

„Ein häufiger Fehler, den viele Ärzte machen, ist anzunehmen, dass ein Patient unter seinem Qualifikationsniveau und seiner Gehaltsstufe liegt. Ein guter Arzt ist bereit, jeden zu behandeln, egal was das Problem ist. Tun Sie Ihr Bestes, um jemanden zu heilen!", bellt der Arzt.

Mir fällt es schwer, mich auf das zu konzentrieren, was er sagt und was sie von uns für diese Episode erwarten. Sie geben uns Anweisungen, aber ich habe das Gefühl, dass ich alles falsch mache. Royce geht mir nicht aus dem Kopf. Es muss einen Grund geben, warum er sich so abrupt zurückgezogen hat, aber ich habe keine Ahnung, was es ist.

Der gestrige Tag war so großartig gewesen. Ich hätte nie gedacht, dass ich tatsächlich Sex mit ihm haben würde, aber es schien, dass er es genauso wollte wie ich. Es lag von Anfang an eine sexuelle Spannung zwischen uns, auch heute Morgen, als er wieder so pingelig mir gegenüber gewesen war. Ich weiß nicht, was ich denken soll, und es kostet mich meine ganze Energie.

„Gut, es ist an der Zeit, weiterzumachen. Wer kann mir sagen, was man alles tun muss, wenn man einen neuen Patienten aufnimmt? Das ist Grundwissen, Leute, das solltet ihr wissen", sagt der Arzt und sieht uns allen in die Augen. Ich kenne die Antwort, aber aus irgendeinem Grund kann ich sie nicht artikulieren. Meine Zunge ist wie festgeklebt, und auch wenn mein Leben davon abhinge, könnte ich kein Wort herausbringen.

Ein anderer Praktikant hebt die Hand, und der Arzt ruft ihn auf. Ich höre verlegen zu, als er die richtige Antwort gibt. Unglaublich, ich lasse die Gelegenheit einfach verstreichen. Im Krankenhaus bin ich mir wie der Star der Show vorgekommen. Aber hier habe ich das erdrückende Gefühl, nicht in meinem Element zu sein. Liegt es daran, dass Royce nicht hier ist? Es besteht kein Zweifel, dass er davon erfahren wird. John kann Nachrichten schneller verbreiten als ein High-School-Teenager.

Der Nachmittag zieht sich hin. Jede Stunde, die vergeht, ist pure Qual. Ich bin nicht nur ruhiger als sonst, sondern sage auch die falschen Dinge, wenn ich aufgerufen werde. Es sind nur Kleinigkeiten, aber ausreichend viele, um aufzufallen. Meine Finger bewegen sich unruhig, ich will zusammenbrechen und weinen, und ich möchte verschwinden. Ich komme mir vor, als wäre das mein erster Tag. Ich will nichts lieber, als mich im Wohnheim zu verbarrikadieren und alles zu vergessen.

Das war's. Ich werde mit Royce sprechen.

∼

„OKAY, ich denke, insgesamt ist es ganz gut gelaufen", sagt John mit einem Grinsen, als wir in den Transporter einsteigen. „Einige von euch haben mich überrascht. Einige positiv, andere weniger positiv. Ich werde die Namen nicht nennen. Sagen wir einfach, einige von Ihnen sind heute richtig gut gewesen, während andere heute versagt haben. Es wird interessant werden, was bei der Eliminierung diese Woche passieren wird."

Ich zucke zusammen, weiß, dass er sich auf mich bezieht. Erschwerend kommt hinzu, dass ich weiß, dass er Recht hat. Ich kann nicht behaupten, dass ich heute Nachmittag mein Bestes gegeben habe. Ich habe es versucht, habe es aber nicht geschafft, die anderen zu überzeugen. Und mich auch nicht. So wie John sich verhält, ist es klar, dass er zufrieden ist, wie der Tag verlaufen ist.

Einschaltquoten, das ist alles, was ihn interessiert.

„Jeder kann ins Krankenhaus zurückkehren und dann in sein Quartier gehen. Hier gibt es heute nichts mehr zu tun. Fragen?", erkundigt sich John und schaut sich um. Man könnte einen Stift fallen hören. John ist einschüchternd. Meistens nerven ihn die Fragen, die wir stellen. Wir haben schnell herausgefunden, dass es besser ist, im Studio nachzufragen, anstatt direkt mit ihm zu sprechen.

„Toll! Dann sind wir uns einig. Sie können sich heute Abend entspannen", sagt er, während er zu einem Lieferwagen geht. Wir setzen uns, aber ich halte mich zurück, um den nächsten Sitz am Fenster zu bekommen, damit ich mich in meine eigenen Gedanken zurückziehen kann.

Die Van-Tür schließt sich, und wir fahren los. Ich bin froh, dass alle anderen den Hinweis verstehen. Ich habe gemerkt, dass sie anders auf mich reagieren. Es ist, als würden sie sich zurückhalten, nachdem Royce heute Morgen mit mir gesprochen hat, als ob sie spüren können, dass es etwas Ungewöhnliches vor sich geht.

Ich erinnere mich daran, was Monique gesagt hat, bevor sie gegangen ist. Jeder denkt, dass etwas zwischen euch ist. Nun, da wir Sex hatten, glaube ich, dass den anderen unser Verhältnis zueinander bewusster gewesen ist, als ich es angenommen hatte. Sie machen nicht den Eindruck als wollten sie mich darauf ansprechen, aber ich bin sicher, dass es Klatsch geben wird, sobald ich weg bin.

Die Fahrt ins Krankenhaus ist ruhig. Nach dem Nachmittag hat niemand mehr viel zu sagen. Ich habe den Eindruck, dass niemand mit seiner Leistung in der Klinik zufrieden ist. Ich hoffe, dass wir uns damit nicht noch einmal auseinandersetzen müssen. Eigentlich war niemand so gut gewesen, wie er hätte sein können.

Ich habe keinen Zweifel daran, dass diese Episode für Gerede im Internet sorgen wird, wenn sie ausgestrahlt wird, und das ist genau das, was John sich wünscht. Für die Einschaltquoten wird er so viel Drama wie nur möglich inszenieren. Ich befürchte auch, dass er Wind davon bekommen wird, dass etwas zwischen Royce und mir nicht stimmt, und er wird auch das für sich nutzen.

Doch solche Dinge muss ich ignorieren. Als wir auf dem Parkplatz halten, löse ich so schnell wie möglich meinen Sicherheitsgurt, um schnell aus dem Van und ins Gebäude zu kommen. Ich muss Royce erwischen. Ich muss mit ihm sprechen. Ich bin darauf vorbereitet, dass es nicht gut ausgehen wird. Egal, was er mir sagt, ich werde nicht zusammenbrechen und weinen.

Royce mag Menschen, die ihre Gelassenheit auch im Angesicht von Stress behalten. Ich bin erwachsen. Ich kann mit der Wahrheit umgehen, egal wie sie aussieht. Sicherlich freue ich mich nicht darauf, und meine Angst wächst ins Unendliche, wenn ich darüber nachdenke, was er sagen wird, aber wir müssen darüber reden.

Ich schaffe es nicht, noch so einen Tag wie heute zu überleben. Ich kann mich nicht konzentrieren, und wenn ich mich nicht zusammenreiße, stehe ich vor dem Rauswurf aus der Show. Ich schleiche durch den Gang in Richtung Royces Büro. Er ist nach dem Dreh immer dort. Kurioserweise ist er nicht mit uns in die Klinik gegangen. Er erledigt wahrscheinlich Papierkram oder versucht seinen Zeitplan mit der Serie und seiner eigenen TV-Show übereinzubringen. Er kümmert sich um beides, dazu kommen seine Operationen, wofür ich ihn umso mehr bewundere.

„Doktor, kann ich eine Minute mit Ihnen reden?", frage ich und klopfe an seine Tür. Ich bekomme keine Antwort, also klopfe ich wieder, diesmal etwas lauter.

„Er ist nicht hier", sagt die Sekretärin von ihrem Schreibtisch aus. „Er ist vor etwa fünfzehn Minuten gegangen."

„Kommt er heute nochmal wieder?" Ich habe das Gefühl, dass er absichtlich gegangen ist, bevor wir zurückgekommen sind. Er meidet mich, und ich verstehe nicht, warum.

„Ich bezweifle es. Wenn er am Nachmittag geht, kommt er selten zurück. Sehen Sie ihn nicht morgen wieder?", fragt sie.

„Ja, es gibt nur etwas, worüber ich mit ihm sprechen muss", sage ich. Sie wirft mir einen genervten Blick zu, und ich füge schnell hinzu: „Sicherlich kann es bis morgen warten."

Sie scheint zufrieden zu sein. Ich wünschte, es gäbe irgendeine Möglichkeit, ihn zu finden. Ich weiß nicht, wo er wohnt, und er hat mir nur die Nummer seines Arbeitstelefons gegeben, das er nur tagsüber beantwortet. Ich habe keine Möglichkeit, ihn zu erreichen, also werde ich wohl bis zum Morgen warten müssen.

Ich entscheide mich, zurück in mein Zimmer zu gehen und mich auf meine Bücher zu konzentrieren, obwohl mir nicht danach ist. Ich denke an den vorigen Tag und daran, wie fröhlich ich sein Büro verlassen habe, dann vergleiche ich es mit der Dunkelheit, die jetzt in mir hockt.

Das ist alles ziemlich kompliziert geworden, und ich muss das Chaos irgendwie beseitigen.

Dazu brauche ich ein Gespräch mit Royce.

KAPITEL 11

„Oh mein Gott! Die Einschaltquoten durchbrechen die Schallmauer, Leute! Ich kann es nicht glauben! Nun, eigentlich schon, weil ich derjenige bin, der es produziert. Wer hätte gedacht, dass es so beliebt sein würde, einem Haufen Kinder dabei zuzusehen, wie sie zu Ärzten werden?", rief John aus.

Ich rolle mit den Augen. Ich habe es geschafft, mir die Show anzusehen, und ich muss zugeben, dass sie gut gemacht ist, aber ich sehe nicht, dass sie besser ist als meine eigene.

Alle anderen im Raum jubeln, also schließe ich mich dem Klatschen an, obwohl ich wirklich nicht sonderlich begeistert bin. Zugegeben, wenn ich mich in der Show beobachtete, sehe ich meine Zuneigung gegenüber Kayla. Am Anfang lief es nicht so gut, aber unser Umgang wurde lockerer, als wir anfingen miteinander zu flirten.

Jetzt, als sich mein Verhalten ihr gegenüber wieder geändert hat, bin ich schlimmer als am Anfang! Die Redakteure haben aufgepasst, und die ganzen verletzten Blicke von Kayla eingefangen und haben die Gespräche bearbeitet, um sie dramatischer erscheinen zu lassen, als sie es tatsächlich waren.

Manchmal wünschte ich, sie würden meine privaten Gespräche aufnehmen, auch wenn ich es hasse, sie für Shows wie diese herzugeben. Ich finde, dass die Situation nicht richtig dargestellt wird. John hat keine Ahnung, dass Kayla und ich Sex hatten, und doch zeigt die Show deutlich die Anziehungskraft zwischen uns. Ich weiß, dass er es für die Einschaltquoten getan hat, doch das Ganze gefällt mir nicht.

Ich habe schon genug damit zu tun, meinen Sohn aus dem Rampenlicht zu halten, und möchte ich nicht, dass die Medien Gerüchte aufkommen lassen, dass er eine neue Mutter bekommt – was ich mehr als nur einmal sehe, als ich die Kommentare zur Show lese.

„Heute konzentrieren wir uns auf den Wettbewerbsaspekt der Show. Wir haben nur noch vier Kandidaten, und zum Glück sind zwei von ihnen seit langem schon unsere Favoriten. Ich möchte ein Drama zwischen Kayla und Mercedes inszenieren. Mal sehen, ob wir eine von beiden diese Woche nach Hause schicken können", sagt John, während er seine Hände reibt.

Mein Herzschlag setzt kurz aus. Ein Teil von mir hätte nichts dagegen, dass Kayla nach Hause geschickt wird. Ich weiß, dass diese Gedanken nicht fair sind. Ich möchte sehen, dass sie in der Show gut ist, aber gleichzeitig schaffe ich es nicht, sie um mich zu haben, ohne verrückt zu werden. Da sind die Erinnerungen an sie auf meinem Schreibtisch ... Ich würde nichts lieber tun, als es noch einmal zu wiederholen.

Um ehrlich zu sein, würde ich sie gerne irgendwo hinbringen, wo wir allein sind, und ihr die Kleider vom Leib reißen. Ihr schlanker, fester Körper unter meinen Händen ... Ich kann nicht abstreiten, dass ich mich wahnsinnig zu ihr hingezogen fühle, und es gibt nichts, was ich dagegen tun kann.

„Wie sollen wir das anstellen?", fragt eines der anderen Crewmitglieder. Sie haben während der ganzen Dreharbeiten immer unbemerkt die Szenen aufgebaut. Sie sind gut darin.

Manchmal frage ich mich, ob die Praktikanten überhaupt wissen, was passiert. Sie lassen sich so einfach ködern, kämpfen und streiten, als ob die Kameras gar nicht da wären.

Niemand scheint zu bemerken, dass die meisten Dinge, wegen derer sie streiten, von den Leuten hinter den Kameras gefördert werden.

„Mir ist das eigentlich egal. Solange wir etwas Drama oder Spannung zwischen ihnen bekommen. Ich wünschte, Monique wäre noch länger geblieben. Da hing noch die Freundschaft über allem. Es wäre schön gewesen, wenn wir den Krach zwischen den beiden Mädchen in der Show gehabt hätten", sagt John kopfschüttelnd. Dieser Kerl ist herzloser, als viele Menschen glauben.

Ihn interessiert nur die Show. Solange er seine Einschaltquoten bekommt, wird er jeden Tag noch mehr darauf drängen, Angst und Drama zu erzeugen, bis jemand zusammenbricht und rausgeschmissen wird.

Ich verstehe nicht, warum die Welt Drama so sehr liebt, aber die Menschen wollen es sehen. Es ist, als ob seine Show die dunkle Seite der medizinischen Industrie ans Tageslicht bringt, wie gemein Ärzte zueinander sein können, während wir darum konkurrieren, es zu etwas zu bringen.

So ist es, seit ich angefangen habe, und John nutzt es jetzt für sich aus. Obwohl er dazu neigt, mich in Ruhe zu lassen und sich mit seinen absurden Plänen auf die Praktikanten konzentriert, freue ich mich bereits darauf, wenn die Dreharbeiten für die Show abgeschlossen sind. Ich bin es leid, ein Teil davon zu sein, und ich will aus dem Vertrag aussteigen.

Gott sei Dank sind es nur noch ein paar Wochen.

„Gut, lasst uns loslegen! Die Praktikanten kommen jede Minute, und ich möchte filmen, wie sie durch die Tür kommen. Versucht eine Nahaufnahme von Kaylas Gesicht zu bekommen."

John geht zu seinem Stuhl. Ich seufze und bereite mich darauf vor, noch einmal vor der Kamera zu stehen.

Die Praktikanten betreten den Raum. Sie sehen müde aus, und Kayla sieht noch schlechter aus als der Rest. Dunkle Ringe liegen unter ihren Augen und obwohl die Make-up-Crew ihr Bestes getan hat, um sie verschwinden zu lassen, ist es offensichtlich, dass sie erschöpft ist. Sie tut das, um mich zu beeindrucken. Damit ich mich wieder nett ihr gegenüber verhalte ... Ich wünschte, ich könnte ihr die Wahrheit sagen. Ich möchte, dass sie weiß, wie viel mir an ihr liegt. Es bringt mich um, dass ich so hart zu ihr sein muss, aber es besteht keine Chance, dass wir zusammen sein können ... Ich kann einfach nicht über meinen Schatten springen. Wenn ich sie in mein Büro holen würde, um mit ihr zu sprechen, würde sie wieder auf dem Schreibtisch landen, was die Sache nur noch schlimmer machen würde.

Sie vermeidet jeglichen Augenkontakt und Interaktion mit mir. Ich rufe sie immer wieder auf. Ich weiß, dass John es genießt, und die Zuschauer scheinen es zu lieben, sie auf dem Bildschirm zu sehen. Sie schafft es, mit den Antworten Schritt zu halten und sich zu behaupten.

Sie wird eines Tages eine verdammt gute Chirurgin abgeben, und ich würde nichts lieber tun, als Seite an Seite mit ihr in diesem Krankenhaus zu arbeiten.

Nein, ich darf nicht nachgeben und muss sie weiterhin so behandeln, wie ich es getan habe. Es ist die beste Möglichkeit, sie davon abzuhalten, sich in mich zu verlieben, so kompliziert es auch ist.

Obwohl ich tief im Inneren schon lange in sie verliebt bin. Und ich habe mich ziemlich heftig verliebt.

KAPITEL 12

Ich gebe zu, ich bin erschöpft und weiß nicht, wie lange ich das noch durchhalte. Ich verbringe meine ganze Zeit mit dem Studium oder der Freiwilligentätigkeit im Krankenhaus und versuche, mir so viel Wissen wie möglich anzueignen. Die Arbeit als Freiwillige im Krankenhaus ist angenehmer als das Filmen der Serie. So viel weniger Drama! Und ich helfe den Menschen. Es wird immer deutlicher, dass Royce mich meidet. Er war nicht begeistert, als ich ihn bat, nach den Dreharbeiten bleiben zu dürfen und im Krankenhaus zu arbeiten, aber er hat mich nicht aufgehalten.

Ich suche nach einer Chance, mit ihm zu sprechen, aber er beschäftigt sich mit anderen Dingen. Ich werde ihn nicht mehr in seinem Büro sehen. Er scheint seinen Papierkram im Büro so schnell wie möglich zu erledigen, während die Produzenten uns interviewen, damit er so bald es geht verschwinden kann.

Ich habe versucht, es mir nicht zu sehr zu Herzen zu nehmen, aber es fällt mir schwer darüber nachzudenken. Ich bin wütend auf Royce. Ich fühle mich in gewisser Weise benutzt. Wollte er mich einfach ficken, oder war da etwas zwischen uns?

Noch vor ein paar Tagen war ich mir sicher, dass mehr zwischen uns ist als nur Verlangen, aber so, wie er mich behandelt, bin ich mir nicht mehr so sicher.

Ich möchte mit ihm sprechen, aber er lässt mich nicht.

Ein anderer Teil von mir wünscht, ich könnte mit jemand anderem darüber sprechen. Ich wünschte, ich könnte Monique anrufen und es ihr erzählen, aber sie würde toben. Sie hat mir schon vorgeworfen, dass ich etwas mit Royce habe, und wenn sie herausfindet, dass er und ich miteinander rumgemacht haben, wird sie wahrscheinlich nie wieder ein Wort mit mir wechseln.

Aber ich brauche Rat.

„Gut, die Show neigt sich ihrem Ende entgegen. Es sind nur noch wenige, die weiterhin um den Titel des Top-Chirurgen kämpfen. Es ist an der Zeit, reale Simulationen zu erschaffen", kündigt John an, als wir uns an unserem üblichen Ort versammeln.

„Was bedeutet das?", fragt Mercedes. Ich mag das Mädchen nicht, aber ich habe darauf geachtet, es nicht zu zeigen. Ich weiß, dass John den Wettbewerbsdruck zwischen uns spüren kann, und er tut, was er kann, um ihn zu fördern. Trotzdem kämpfe ich so gut es geht dagegen an. Ich will die Situation nicht verschlimmern.

„Es bedeutet, dass Sie aufpassen müssen und zeigen müssen, was Sie können. Niemand ist vor der Eliminierung sicher, obwohl Sie und Kayla ein paar mehr Punkte auf Ihrer Seite haben. Ich möchte Sie beide daran erinnern, dass diese verloren gehen können, wenn Sie hier versagen", erklärt John mit einem Grinsen. Ich verstehe sein Punktesystem nicht, aber ich stelle es nicht in Frage.

Er weiß, was er tut, und ich muss mich unterordnen.

„In Ordnung. Wir werden die Show mit einer Erklärung eröffnen, was Sie tun werden, damit wir es dann mit der Kamera einfangen können", verrät er. Wir erhalten eine Reihe von Anweisungen, und ich entspanne mich. Ich kann das problemlos, aber wie gut kann es Mercedes?

„Kayla, ich beginne bei Ihnen und der Überwachungsmaschine. Sie überwachen die Pseudo-Herzschläge und halten den Dummy am Leben. Wenn Mercedes fertig ist, wechseln Sie die Plätze. Danach geben wir James eine Chance." John zieht den Monitor heran, und mein Herz springt mir in die Kehle. Aus heiterem Himmel ist es mir egal, ob ich diese Runde gewinne. Das ist die Chance, auf die ich gewartet habe.

Selbst bei meiner ehrenamtlichen Arbeit im Krankenhaus durfte ich die Computer nicht benutzen. Die Dateien enthalten zu viele private medizinische Daten. Aber es sind nicht die medizinischen Dateien, die mich interessieren.

Ich richtete den Computer ein, um die simulierten Lebenszeichen der Attrappe zu beobachten, und stehe mit meinem Rücken zu den Kameras; der Bildschirm ist für sie nicht sichtbar. Natürlich ist John mehr daran interessiert, unsere Gesichter zu filmen, als das, was wir tatsächlich tun. Er genießt es, wenn wir nervös sind oder kurz davor, in Tränen auszubrechen.

Die Nervosität auf meinem Gesicht hat nichts mit der Aufgabe zu tun. Ich muss aufpassen, aber ich bin zuversichtlich. Sobald er das Signal gibt, mit dem Drehen zu beginnen, verlasse ich das aktuelle Fenster auf dem Bildschirm und gehe direkt zur Hauptdatenbank des Krankenhauses.

Dank der Ausbildung, die ich im College erhalten habe, weiß ich, wie ich mich vorübergehend mit dem Code anmelden kann, den ich vorläufig für die Show erhalten habe. Die Sitzung läuft in wenigen Minuten ab. Das ist mehr als genug Zeit, um die Informationen zu bekommen, nach denen ich suche.

Ich schaue auf den Monitor und sorge dafür, dass alles so aussieht, wie es sollte. Ich kehre zur Datenbank zurück und suche nach Royce. Ich finde ihn sofort. Hier kann ich alles erfahren, was das Krankenhaus über ihn weiß – auch seine Wohnadresse. Ich habe nichts zum Schreiben dabei! Doch glücklicherweise schaffe ich es, mir alles innerhalb von ein paar Sekunden einzuprägen.

Der Monitor beginnt zu piepen. Ich verlasse den Bildschirm schnell. Die simulierten Lebenszeichen sagen mir, dass ein zu hoher Blutverlust vorliegt. „Er verliert viel Blut. Stellen wir sicher, dass der Druck auf die Arterie konstant bleibt, oder wir verlieren ihn."

Mercedes wirft mir einen genervten Blick zu. Ich weiß, dass wir uns nicht mögen, aber wir müssen hier zusammenarbeiten. Die Spannung im Raum ist so dick, dass man sie mit einem Messer schneiden könnte, aber ich bleibe ruhig. Das muss ich hinter mich bringen. Sobald der Nachmittag vorbei ist, fahre ich zu Royce nach Hause. Es ist mir egal, ob er im Krankenhaus nicht mit mir sprechen will. Ich werde ihn nicht ewig ausweichen lassen.

Auf die eine oder andere Weise werde ich mit ihm sprechen.

MEIN HERZ RAST in meiner Brust, als ich aus dem Taxi steige. Das Haus ist nicht das, was ich erwartet habe, aber es ist die richtige Adresse. Ich dachte immer, er lebt in einem großen Haus mit einem perfekt gepflegten Rasen und vielleicht einigen Brunnen.

Doch alles sieht ganz normal aus. Spielzeug ist auf dem Hof verstreut, ein Zeichen, dass ein Kind dort lebt. Angesichts der vielen Löcher im Gras und dem Baumhaus in der Eiche, scheint der kleine Maddix sicher viel Zeit draußen zu verbringen.

Ich gehe zur Tür und denke darüber nach, was ich sagen werde. Kein Zweifel, er könnte das Gefühl haben, dass ich ihm hinterherlaufe, wenn ich vor seiner Haustür auftauchte, aber ich glaube nicht, dass er mich sofort abweisen wird. Er ist nicht so kalt. Ich habe mir die Gefühle, die zwischen uns sind, sicher nicht nur eingebildet. Es ist etwas, was ich noch nie in meinem Leben gespürt habe. Es muss etwas bedeuten.

Ich klingele an der Tür, trete einen Schritt zurück und atme tief durch. Ich muss mich beruhigen, wenn ich das durchstehen will. Das Letzte, was ich tun möchte, ist schreien, oder schlimmer noch, anfangen zu weinen. Ich bin so in meinen Gedanken gefangen, dass ich mich erschrecke, als die Tür aufgeht, aber ich fange mich schnell.

Zu meinem Erstaunen ist es nicht Royce, sondern ein Mädchen in meinem Alter. Ich zerbreche mir den Kopf, wer es sein könnte, als mir einfällt, dass er ein Kindermädchen für Maddix gesucht hat.

„Hallo? Kann ich dir helfen?", fragt sie.

Ich lächele herzlich. „Ja, hat Royce es nicht erwähnt? Ich werde heute Abend auf Maddix aufpassen." Ich hoffe, dass sie mir die Geschichte abkauft und entspanne mich, als sie mich verwirrt ansieht.

„Das hat er nicht erwähnt, nein", sagt sie. „Ich habe einen Termin, zu dem ich zu spät komme. Er hat wahrscheinlich vergessen, es zu erwähnen."

„Kein Zweifel. Er ist so ein beschäftigter Mann. Er hat so viel zu tun und hat wahrscheinlich vergessen es dir zu sagen, nachdem er mich gebeten hat einzuspringen", sage ich lachend. Sie scheint sich weiter zu entspannen. In diesem Moment taucht Maddix neben ihr auf.

„Kayla!", sagt er mit Begeisterung in seiner Stimme. „Du bist hier!"

An diesem Punkt ist das Mädchen überzeugt, dass diese Geschichte wahr ist, und sie bittet mich hereinzukommen. „Kennst du dich hier aus?"

"Mehr oder weniger", lüge ich wieder. "Royce wird bald hier sein. Ich werde in der Zwischenzeit einfach mit Maddix spielen."

"Toll, vielen Dank!", sagt sie und geht zur Tür. "Ich schätze das sehr!"

"Gern geschehen!", rufe ich ihr hinterher. Sobald sich die Tür schließt, schüttle ich den Kopf. "Das war viel zu einfach. Das muss ich Royce sagen."

"Was möchtest du jetzt tun?", frage ich an Maddix gewandt.

"Lass uns ein Spiel spielen!", sagt er, während er ins Wohnzimmer rennt. "Ich möchte Mensch-ärger-dich-nicht spielen!"

"Okay, ich liebe dieses Spiel", sage ich und folge ihm. Ich bin immer noch nervös, aber fühle mich jetzt, da ich im Haus bin, viel besser. Ich bin mir nicht sicher, wie Royce reagieren wird, wenn er mich hier anstelle des Kindermädchens vorfindet, aber eigentlich ist es mir egal.

Diesmal läuft er mir nicht davon. Endlich bekomme ich die Antworten, auf die ich gewartet habe. Ich sollte auf alles vorbereitet sein, aber ich bin entschlossen, damit umzugehen wie ein Erwachsener.

Ich bin schließlich erwachsen, und ich werde es ihm beweisen.

KAPITEL 13

„Tut mir leid, dass ich so spät komme, Misty. Ich habe noch mit einem alten Freund etwas getrunken und die Zeit vergessen", sage ich, als ich mein Haus betrete. Misty hat in der Regel nichts dagegen, etwas länger als üblich zu bleiben und auf Maddix aufzupassen, aber ich hoffe, dass sie nicht zu spät zu ihrem Termin kommt.

Ich biege um die Ecke zum Wohnzimmer und bleibe wie angewurzelt stehen. Kayla, nicht Misty, sitzt mit Maddix auf der Couch und spielt ein Brettspiel.

„Was zur Hölle machst du in meinem Haus?", schreie ich. Ich bin wütend. Ich weiß nicht, woher sie meine Adresse hat! Was hat sie sich dabei gedacht, ungebeten in mein Haus zu kommen, ohne mir Bescheid zu sagen?

„Ich muss mit dir sprechen, und du meidest mich im Krankenhaus, also bin ich hierhergekommen", antwortet sie gelassen.

„Wie bist du an meine Adresse gekommen?! Das sind vertrauliche Informationen!"

„Ich habe nachgeschaut, okay? Wie gesagt, ich muss mit dir reden", sagt sie.

„Verlasse sofort mein Haus! Ich möchte nicht mit dir sprechen! Das ist äußerst unangemessen!" Ich deute auf die Tür und versuche nicht einmal meine Stimme nicht zu erheben. Ich bin so angepisst, dass ich überlege, die Bullen anzurufen. Sie erhebt sich, verschränkt aber trotzig ihre Arme und sieht mich herausfordernd an.

„Ich gehe, nachdem du mir gesagt hast, was los ist. In der einen Minute verhältst du dich so, als wären wir Freunde, dann mehr als Freunde und dann als wäre ich dein Feind!", ruft sie. Ich möchte nicht vor meinem Sohn darüber sprechen und mir Sorgen machen müssen, dass er herausfinden wird, was zwischen mir und Kayla passiert ist.

„Maddix, geh in dein Zimmer", schnappe ich.

„Nein! Ich will bei Kayla bleiben!", argumentiert er.

„Maddix! Nicht jetzt! Geh jetzt in dein Zimmer!", belle ich.

Er bricht in Tränen aus und klammert sich an Kayla, dann schaut er mich an, während ihm die Tränen über das Gesicht laufen.

„Ich möchte, dass Kayla mein Kindermädchen ist! Ich mag Misty nicht!", ruft er.

„Mit Misty warst du bis heute einverstanden." Ich versuche, meine Stimme zu beruhigen. „Aber du musst jetzt in dein Zimmer zu gehen, damit ich mit Kayla sprechen kann. Okay?"

Er weint weiter, aber Kayla löst seine Hände sanft. „Hör mal, Maddix, ich muss mit deinem Papa über etwas reden. Sei ein guter Junge und geh in dein Zimmer, wie er sagt."

„Ich möchte bei dir bleiben!", weint Maddix.

Sie schüttelt den Kopf. „Du gehst in dein Zimmer, und ich werde mich auf jeden Fall verabschieden, bevor ich gehe, okay?"

„Versprochen?", fragt er.

„Versprochen." Maddix gehorcht widerwillig und verlässt das Zimmer, ohne einen von uns beiden eines Blickes zu würdigen.

Als er weg ist, wende ich mich ihr wieder zu, und Wut steigt erneut in mir auf. „Woher nimmst du die Kühnheit, einfach so in mein Haus zu spazieren? Ich habe jedes Recht, die Polizei anzurufen und dich wegen unbefugten Eindringens anzuzeigen!"

„Ich will mit dir reden, das ist alles!", sagt sie, und jetzt wird auch sie lauter. „Das ist das Mindeste, was du mir schuldest!"

„Ich schulde dir gar nichts!", argumentiere ich. „Du warst genauso eifrig dabei, wie ich es war!"

„Ich dachte, da wäre etwas mehr! Ich komme mir vor, als hättest du mich benutzt!", schnappt sie. Tränen steigen in ihre Augen. Ich komme mir wie ein Arschloch vor und seufze. Ich fahre mit meiner Hand über meinen Nacken und denke darüber nach, was ich ihr sagen soll. Das Beste ist, ihr einfach die Wahrheit zu sagen, und jetzt, da wir allein sind, ist der richtige Zeitpunkt dafür.

„Es tut mir leid. Ich habe dich nicht ausgenutzt. Willst du wirklich wissen, was los ist?", frage ich um einiges ruhiger.

Sie entspannt sich und nickt. „Das ist alles, was ich will."

„Fakt ist, dass ich mich sehr zu dir hingezogen fühle, Kayla. Von dem Tag an, an dem ich dich das erste Mal gesehen habe. Du hast mich vollkommen in deinen Bann gezogen. Zuerst habe ich es gehasst. Mit der Zeit habe ich angefangen, es zu lieben." Ich bin zurückhaltend, bin mir nicht sicher, wie viel ich ihr sagen soll.

Sie scheint zufrieden mit dem, was sie hört, aber sie zögert. „Was ist passiert?"

„Ich hoffe, du siehst ein, dass eine Beziehung zwischen uns nicht angemessen ist. Du bist eine brillante junge Frau. Du stehst am Anfang einer Karriere, und ich bin mitten in meiner. Ich kann mich auf eine Beziehung mit dir nicht einlassen. So etwas könnte zu einem bundesweiten Skandal führen. Das will ich für keinen von uns."

Sie ist verärgert, atmet aber tief durch. „Ich verstehe nicht, wieso das zu einem Skandal führen sollte. Ich bin alt genug, um ich mich zu verabreden, und du bist nicht mein Chef."

„Nein, aber Du bist Praktikantin in meinem Krankenhaus. Und in der Show bin ich dein Vorgesetzter. Wenn die Zuschauer sehen, dass wir eine intime Beziehung haben, werden sie davon ausgehen, dass du dich nach oben schläfst. Wir beide wissen, dass das nicht der Fall ist, aber sobald das Gerücht sich verbreitet, wird es schwer, das Gegenteil zu beweisen. Vor allem bei all dem Klatsch, den es sowieso schon über die Show gibt", sage ich.

Sie schluckt, atmet tief durch und kämpft offensichtlich gegen all die Emotionen, die in ihr aufsteigen. Schließlich nickt sie und zwingt ein Lächeln auf ihr Gesicht. „Es gefällt mir nicht, aber ich verstehe es, und du hast Recht."

Ich möchte vor Erleichterung seufzen, aber das ist nicht das, was sie sehen will. Das tut mir genauso weh wie ihr, aber ich habe gelernt, mit meinen Emotionen umzugehen, auch wenn ich große Schmerzen habe.

„Vielen Dank, dass du dir die Zeit genommen haben, es zu erklären", sagt sie. „Ich gehe jetzt besser wieder."

„Warte eine Sekunde. Du könntest zum Abendessen bleiben", sage ich. „Selbst wenn du und ich keine Beziehung haben können, wäre es mir lieb, wenn wir in Frieden auseinander gehen."

Sie sieht unentschlossen aus. Es ist schwierig für sie. Sie fühlt sich von mir angezogen, ist aber nicht in der Lage, darauf zu reagieren. Vielleicht ist das mit dem Abendessen eine schlechte Idee, aber ich würde mich besser fühlen. Sie muss wissen, dass mir etwas an ihr liegt. Auch wenn es ein Fehler war, dass wir unseren Gefühlen nachgegeben haben und es nicht wieder passieren darf.

Endlich nickt sie. „Gut, aber ich muss danach wirklich gehen."

„Ich rufe dir ein Taxi", sage ich schnell. „Du kannst unmöglich von hier aus zu deinem Hotel laufen."

„Danke", antwortet sie. „Also, was gibt es zum Abendessen?"

Ich lächle. Misty kocht normalerweise, aber sie ist weg. Ich schnappe mir mein Handy. „Ich denke, wir sollten besser etwas bestellen."

„Wunderbar", sagt sie, während sie sich hinsetzt. „Ich könnte etwas anderes als den Zimmerservice vertragen."

Ich lächle. Kayla außerhalb des Krankenhauses zu sehen ist schwieriger, als mit ihr zu arbeiten, aber ich bin froh, dass sie sich entschieden hat zu bleiben. Es wird nicht leicht sein, einfach so zu tun, als wäre nie etwas gewesen, aber uns wird dieser Abschied guttun. Wir werden alles hinter uns lassen und als Freunde weitermachen.

Ich habe in meinem Leben schon schwierigere Situationen überstanden und bin daran gewachsen. Es wird nicht einfach sein, aber es ist das Richtige.

Gott sei Dank ist sie reif genug, um es zu verstehen. Kayla ist noch perfekter, als ich angenommen habe.

KAPITEL 14

Es besteht kein Zweifel, dass das Gespräch mit Royce für mich einiges verändert hat. Es ist jetzt außergewöhnlich schwierig, mit ihm zu arbeiten, obwohl er wieder besser aufgelegt ist. Am vorigen Abend blieb ich nach dem Abendessen länger als geplant, aber wir plauderten, und es war nicht einfach, sich zu verabschieden. Ich bewundere Royce immer noch und auch sein Sohn ist mir sehr ans Herz gewachsen.

Maddix hat deutlich gemacht, dass er mich mag, und ich würde eventuell sogar das Medizinstudium aufgeben, wenn ich eine Chance hätte, sein Kindermädchen zu sein. Es wäre nicht einfach, aber zumindest könnte ich dann Royce jeden Tag sehen.

Ich weiß, dass es dann noch schwieriger für mich sein würde, als es jetzt schon ist. Ich würde es nicht aushalten, wenn ich ihm so nah wäre. Ich muss über ihn hinwegkommen. Ich habe keine andere Wahl, als seine Entscheidung zu akzeptieren. Wenn das alles vorbei ist - egal ob ich das Finale gewinne oder nicht - gehe ich zurück nach Chicago und werde ihn vergessen.

Das einzig Richtige ist, ihn vollständig zu vergessen, so

schwierig es auch sein mag. Ich liebe Royce, seit ich alt genug bin, um zu wissen, was Liebe ist. Ich habe alle Informationen verschlungen, die ich über ihn finden konnte. Ich habe davon geträumt, bei ihm zu sein. Und ich schäme mich nicht zu sagen, ich habe auch darüber fantasiert.

Während der High School und beim Versuch, ins College zu kommen, war mein Motto: „Wenn Royce es kann, kann ich es auch." Er war meine imaginäre Stütze, und jetzt, da ich weiß, wie er wirklich ist, und weiß, dass eine Beziehung zu ihm nicht gut wäre, kann ich nicht mehr so von ihm träumen, wie ich es einmal getan habe. Es wäre nicht gut für mich und würde die Dinge auf lange Sicht nur verschlimmern.

Was wäre besser – jetzt aufzugeben und nach Hause zu gehen oder doch besser weiter um den Titel des Top-Chirurgen zu kämpfen? Wenn ich bedenke, was passiert ist, bin ich mir nicht sicher, ob ich es überhaupt noch will! Ich möchte fast, dass mein Leben wieder so ist, wie es war, bevor ich nach L.A. gekommen bin. Sicher, es war stressig und weitgehend langweilig, aber viel einfacher als das, womit ich es jetzt zu tun habe.

Zumindest hatte ich kein gebrochenes Herz und niemanden, mit dem ich reden kann. Ich kann niemandem sagen, was passiert ist, und ich zögere, Monique jemals etwas davon zu erzählen. Ich bin einsam. Ich sitze im Hotelzimmer, habe niemanden, mit dem ich sprechen kann, und nichts zu tun. Ich möchte nicht freiwillig im Krankenhaus arbeiten, und obwohl ich Royce sehen möchte, ist es keine gute Idee.

Konzentriere dich darauf, über ihn hinwegzukommen! Ich muss mich auf mich konzentrieren!

Ich hasse meinen momentanen Zustand! Das alles hier sollte mein Leben verändern, sollte mir den Start zu einer perfekten Karriere erleichtert, aber stattdessen erweist es sich als einer der größten Fehler, die ich im College gemacht habe.

Ich wusste, dass Reality-TV vom Drama lebt, aber ich hatte keine Ahnung, dass es meine Beziehungen zerstören könnte.

Ich seufze, als ich aus dem Bett aufstehe und mir ein T-Shirt überwerfe. Ich muss etwas Energie verbrennen. Ich bin es leid zu lernen, nur um Royce etwas zu beweisen. Es mag ihm ja etwas an mir liegen, aber das reicht ihm nicht, um sich auf etwas Festes einzulassen, also warum sollte ich mir die Mühe machen, ihn zu beeindrucken?

Es ist an der Zeit, dass ich mich um mich selbst kümmere, und genau das werde ich tun. Ich entscheide mich, laufen zu gehen und meinen Kopf frei zu machen, und all meine Gefühl und die Ereignisse der letzten Tage beiseitezuschieben. Nur noch ein paar Wochen Drehzeit, dann kann ich mit meinem Leben weitermachen.

Es könnte bedeuten, dass ich den Titel erhalte und mein Leben sich nicht verändert. Dass ich nichts anderes haben werde als eine märchenhafte Erinnerung, die mit einem gebrochenen Herzen geendet hat.

So oder so, jetzt muss ich aus diesem Hotelzimmer herauskommen, um meine Denkweise und meinen Fokus neu zu justieren.

KAPITEL 15

„Papa, Papa! Du bist zu Hause!", schreit Maddix, als ich das Haus betrete. Er freut sich immer so sehr, mich zu sehen. Ich knie nieder, als er sich in meine Arme wirft.

„Hattest du einen schönen Tag, Kumpel?", frage ich.

Er nickt aufgeregt. „Wir sehen Kayla heute Abend!"

Misty kommt ins Foyer und lächelt müde. „Er hat den ganzen Tag davon gesprochen. Er ist wirklich verliebt in das Mädchen."

„Das ist er. Ich habe nichts dagegen. Es ist gut für ihn, jemanden wie sie in seinem Leben zu haben. Wie geht es Ihnen?" Ich mag Misty, aber sie steckt ihre Nase tiefer in meine Angelegenheiten, als es mir lieb ist.

„Ich bin okay. Es war ein langer Tag", sagt sie.

„Ich habe alles im Griff. Sie können jetzt Feierabend machen." Sie dankt mir und kehrt in die Küche zurück, um ihre Sachen zu holen.

„Danke, Misty!", rufe ich ihr hinterher, als sie das Haus verlässt. Ich bin froh, dass sie für mich arbeitet, vor allem an den Abenden, an denen sie kocht und das Essen auf dem Herd warmhält. Ich habe ihr oft gesagt, dass sie herzlich willkommen ist, bei uns zu bleiben und mit uns zu essen, aber sie lehnt die Einladung immer ab.

Wir setzen uns an den Tisch, und Maddix verschlingt glücklich sein Essen. Misty weiß, was er mag und bereitet es oft zu, obwohl an manchen Abenden die gesunde Ernährung gewinnt. Ich gluckse, als er den Brokkoli, den Käse und die Makkaroni in seinen Mund schaufelt, aber dann erinnere ich ihn daran, langsamer zu essen.

„Du wirst ersticken, wenn du nicht aufpasst", warne ich.

„Ich werde nicht ersticken. Ich will mich beeilen, damit ich Kayla sehen kann!", ruft er. Ich bin froh, dass er sie gerne im Fernsehen sieht und mache mir Sorgen, was passieren wird, wenn die Serie vorbei ist und sie nicht mehr da ist. Es wäre mir lieber, wenn er nicht ins Krankenhaus ginge, während das Fernsehteam da ist. Ich habe Misty erlaubt, ihn ein paar Mal pro Woche vorbeizubringen, damit er Kayla zwischen den Dreharbeiten hallo sagen kann.

Ein Teil von mir weiß, dass es eine schlechte Idee ist, ihm zu erlauben, sich so an sie zu gewöhnen, aber ein anderer Teil möchte, dass er ihre Freundschaft genießt, solange er kann. Er hat aufgrund der Privatsphäre, auf die ich bei ihm bestehe, nicht viele Freunde. Er scheint viel glücklicher zu sein, seit er sie kennengelernt hat.

Donner grollt in der Ferne. Maddix hört auf zu essen. „Papa?"

„Es wird dir nichts tun, Kleiner. Wir sind sicher im Haus", erinnere ich ihn. Seit dem Autounfall hat er Angst vor Gewittern. Ich mache ihm deshalb keine Vorwürfe. Es war der sintflutartige Regen und eine pechschwarze Nacht, die zum Unfall geführt haben. Ohne Zweifel verbindet er beides, obwohl er zu jung ist, um zu verstehen, was passiert ist.

Ich gebe zu, auch ich mag Gewitter nicht besonders, aber wieder einmal verstecke ich meine Gefühle. Ich werde keine

Angst vor Maddix zeigen. Ich werde mutig und stark für ihn sein, auch wenn der Donner mich dazu bringt, einiges an Whiskey zu trinken und dann wie tot ins Bett zu fallen.

„Beeile dich mit deinem Abendessen, damit du noch baden kannst, bevor der Sturm hier ist", sage ich. Er nimmt noch ein paar Bissen von seinem Mac und Käse und schiebt dann seinen Teller weg.

„Ich habe keinen Hunger mehr", verkündet er.

„Lassen dich vom Sturm nicht stören. Iss noch etwas", ermuntere ich ihn. Er schüttelt den Kopf, aber ich bleibe eisern.

„Du musst dein Gemüse essen, wenn du groß und stark werden willst."

„Ich mag keinen Brokkoli", jammert er.

„Iss einen Bissen davon für mich", fordere ich.

„Nein!"

„Kayla mag Brokkoli", sage ich. Ich weiß nicht, was in mich gefahren ist, ihm das zu sagen, aber ich werde alles verwenden, was ihn dazu bringt, ein bisschen mehr von dem Grünzeug zu essen.

„Wirklich?", fragt er mit großen Augen.

„Ja. Ich sehe, wie sie ihn zu Mittagessen isst. Vielleicht kannst du sie ja das nächste Mal danach fragen. Du willst ihr doch sagen, dass du deinen aufgegessen hast, nicht wahr?", frage ich.

„Ich sage ihr, dass ich auch welchen gegessen habe", sagt er stolz und schiebt sich ein Stück in den Mund. Er kaut lange darauf herum, aber es gelingt ihm, den Bissen mit Hilfe von etwas Milch herunterzuspülen. Ich lächle. Ich kann nicht glauben, wie schnell er groß wird!

„Gut, geh schnell baden, damit wir die Show sehen können", sage ich ihm. Er klettert vom Stuhl und verschwindet im Flur. Ich beende mein eigenes Abendessen allein. Meine Gedanken wandern zurück zu dem, was heute alles passiert ist. Kayla sah in ihrer Uniform so gut aus. Es ist eine Woche her, dass wir miteinander gesprochen haben. Ich habe systematisch vor mir verleugnet, dass ich etwas anderes für sie empfinde außer Lust. Ich versuche mir zu sagen, dass es nicht mehr als zwei Menschen waren, die sich zueinander hingezogen gefühlt und die Gelegenheit genutzt haben, aber ich weiß, dass das nicht wahr ist. Ich habe heute Nachmittag sogar die Richtlinien des Krankenhauses überprüft, wo es um Beziehungen unter Kollegen geht.

Der gesunde Menschenverstand sagt mir, dass es keine Möglichkeit gibt. Ich muss loslassen. Es sind nur noch wenige Wochen bis die Serie vorbei ist, und dann geht sie zurück nach Chicago. Ich spüre Erleichterung bei dem Gedanken, dass ich sie dann nicht mehr sehe. Ich hasse das Finale jetzt schon.

John hat mir nur gesagt, dass sie Kayla den Titel geben werden. Es war ein knappes Rennen zwischen ihr und Mercedes. Ich habe nichts gesagt, aber ich freue mich für Kayla.

Plötzlich erschüttert ein lauter Donnerschlag das Haus, und auf einmal wird alles dunkel.

„Papa!", schreit Maddix aus seinem Zimmer. Ich stehe auf, sprinte zu ihm und fange ihn in meinen Armen auf, als er auf mich zuläuft.

„Der Strom ist bloß ausgefallen, kleiner Kumpel", sage ich beruhigend. „Es ist alles in Ordnung. Er wird bald schon wiederkommen."

„Können wir Kayla sehen?", fragt er. Ich zeige ihm, dass sich der Fernseher nicht einschalten lässt.

„Der Strom könnte wiederkommen, bevor die Show vorbei ist", sage ich hoffnungsvoll, aber ich kann sehen, dass er traurig ist. „Hey, ärgere dich nicht, du weißt, dass es morgen Abend wiederholt wird, wenn wir es heute Abend nicht sehen."

Sein Gesicht hellt sich ein wenig auf, aber ich kann sehen, dass er immer noch nicht zufrieden ist. „Ich sage dir was, ich hole ein paar Taschenlampen, und wir können eines deiner Bücher im Dunkeln lesen. Es wird so sein, als würden wir campen, in Ordnung?"

„Okay!", sagt er fröhlich. Ich gehe zum Schrank, um die Taschenlampen zu holen, enttäuscht, dass wir die Show nicht sehen werden. Ich sollte mir Kayla nicht bei jeder Gelegenheit anschauen, aber ich kann nicht anders.

Sie ist zu meiner Droge geworden.

ICH WACHE auf und Maddix liegt schlafend auf der Couch neben mir. Der Strom war in der Nacht nicht zurückgekommen. Heute Morgen sind die Lichter im Flur und im Esszimmer an, und als ich auf mein Telefon blicke, sehe ich, dass es noch früh am Morgen ist. Ich habe eine Stunde, bevor Misty kommt, aber aufstehen muss ich dennoch. Ich muss duschen und mich rasieren, und da Maddix noch schläft, habe ich ausreichend Zeit dazu. Ich schlüpfe von der Couch, achte darauf, ihn nicht zu wecken, und schlendere ins Badezimmer.

Als ich mein Telefon auf den Tresen lege, brummt es dreimal. John schickt bereits eine SMS trotz der Tatsache, dass es erst fünf Uhr morgens ist.

„Hast du die Show gestern Abend gesehen?

Beeindruckend! Ich kann unsere Einschaltquoten nicht fassen! Ich hatte bisher immer gedacht, die Dinge liefen gut, aber das gestern hat alles in den Schatten gestellt!

Ich habe mit dem Sender gesprochen, und sie sind begeistert, wie die Show läuft. Sie wollen sofort mit den Dreharbeiten für die zweite Staffel beginnen. Wie sich herausstellt, ist Kaylas Popularität der Grund, warum es so gut läuft. Wir laden sie für die nächste Staffel wieder ein."

Ich überfliege die Nachricht noch einmal und schüttle den

Kopf. Ich möchte mich nicht noch einmal zweieinhalb Monate mit Kayla befassen müssen ... Johns Enthusiasmus sagt mir, dass er es ernst meint.

„Bist du sicher, dass sie wiederkommen möchte? Ich habe den Eindruck, dass sie sich freut, wenn es vorbei ist." Senden.

Seine Antwort kommt fast sofort.

„Du kennst doch die Kinder heutzutage. Mit einem ausreichend großen Gehaltsscheck und etwas Vorrecht in der nächsten Gruppe von Praktikanten wird sie sich gern verpflichten. Ich denke darüber nach, dass du sie betreust und sie sich um die Praktikanten kümmert. Sie wird nicht antreten, aber sie wird eine aktive Rolle am Set spielen."

Ich lege mein Telefon auf den Tresen, ohne mir die Mühe zu machen, zu antworten. Das ist eine furchtbare Idee, aber John wird tun, was er will.

Ich hoffe nur, dass Kayla ihm eine Absage erteilen wird. Ich bete, dass sie es tut.

KAPITEL 16

Es war ein langer Tag im Krankenhaus, und ich bin froh, wieder im Hotelzimmer zu sein, wo ich mich entspannen und auf das Finale konzentrieren kann. Ich habe alle Eliminierungen überlebt, und jetzt entscheidet es sich zwischen mir und Mercedes. Ich bin nicht überrascht. John mag uns beide wirklich. Ich habe das Gefühl, dass es bei der Abstimmung um mehr gehen wird als nur darum, wie gut wir uns bei den Herausforderungen geschlagen haben. Seit Royce und ich dieses Gespräch geführt haben, hat er mir mehr Raum gegeben.

Er ist netter zu mir, aber er bemüht sich, alle verbleibenden Praktikanten gleich zu behandeln, sogar Mercedes. Ich habe den Eindruck, dass sie ihn nicht wirklich interessiert, aber bei seiner Position in der Show darf er keine Unterschiede machen.

Ich öffne langsam die Augen. Die Angst und der Groll der vergangenen Nacht fluten wieder in mein Gehirn. Es ist mir egal, ob ich vor dem Shooting nicht im Krankenhaus sein soll. Ich werde ganz früh dort sein, genau wie Royce.

Ich klettere aus dem Bett. Sofort reißt mich eine Welle der Übelkeit fast von den Füßen. Ich krümme mich, halte meinen

Magen und schmecke Galle. Ich schwanke ins Badezimmer, falle auf die Knie und übergebe mich. Ich bin verwirrt. Ich habe am Vortag kaum etwas gegessen. Wenn ich darüber nachdenke, habe ich in der ganzen letzten Zeit nicht viel Appetit gehabt. Ich habe mich müder gefühlt als sonst, aber ich habe es darauf geschoben, dass ich so hart gearbeitet habe. Jetzt kann ich mich nicht mehr erinnern, wann ich meine letzte Periode hatte. Vor mehr als einem Monat. Bei allem, was mit Royce und der Show vor sich ging, habe ich nicht daran gedacht, aber jetzt sinkt mir ein Stein in die Magengrube.

Nachdem ich mich aus dem Badezimmer geschleppt und fast eine Stunde lang gegen die Übelkeit gekämpft habe, haste ich aus dem Hotel zum nächsten Supermarkt. Ich kaufe einen Schwangerschaftstest und laufe zurück in mein Zimmer, bete bei jedem Schritt, dass er negativ ausfallen wird.

Einige Zeit später sitze ich mit meiner Hose um meine Knöchel auf der Toilette und starre auf die beiden Linien der kleinen Anzeige. Positiv. Ich bin schwanger. Wie kann das sein? Ich habe nur eine Pille aus meiner letzten Packung vergessen zu nehmen, und das war kurz vor meiner Periode. Der Zeitpunkt war nicht der richtige, und die Chancen waren extrem gering.

Genauso wie die Chance, dass ich Royce überhaupt kennenlerne oder die Chance, dass wir Sex haben. Die Pille kann versagen, aber ich hätte nie gedacht, dass es mir passieren würde. Ich bin die Regel, nicht die Ausnahme.

Meine Augen wandern durch das Badezimmer. Ich bin zu sehr in meine Gedanken versunken, um klar zu sehen. Als ob dieser Tag nicht schon schlimm genug wäre, muss ich jetzt noch einen Weg finden, Royce zu sagen, dass ich schwanger bin. Das wird genau das auslösen, was sie für die Serie wollten.

Vor mir entfaltet sich ein Skandal, und ich habe keine Chance, ihn aufzuhalten.

Wenn eines sicher ist, dann die Tatsache, dass mein Leben gerade um einiges komplizierter geworden ist.

KAPITEL 17

„Das soll doch wohl ein Scherz sein", sage ich, während ich mir die Folge anschaue. Ich hatte keine Ahnung, dass John Kayla zu meinem Haus gefolgt ist! Ich bin stocksauer! Er hatte die Nerven, es auszustrahlen, ohne vorher mit mir darüber zu sprechen. Er hat es außerdem so aussehen lassen, als hätten sie und ich Sex gehabt. Es ist zu spät, um die Ausstrahlung zu verhindern, aber ich werde es so schnell wie möglich richtigstellen. Mir ist klar, dass Kayla erschüttert sein wird, wenn sie die Episode sieht. Das war genau das, was ich nicht wollte. Und trotz all meiner Umsicht ist es geschehen.

Als das Gewitter den Strom ausfallen ließ, habe ich mir gedacht, dass ich mir die Folge eben später anschauen würde. Als ein anderer Arzt im Krankenhaus mich auf die Folge ansprach, war mir klar geworden, was darin geschah.

„Ich würde die Produzenten so schnell wie möglich zur Vernunft bringen, wenn ich du wäre", sagt er am Telefon. „Das könnte deinen Ruf und damit letztendlich deine Karriere ruinieren."

„Glaubst du, das weiß ich nicht? Das ist der Grund, warum ich am Set den ganzen Praktikanten aus dem Weg gehe!"
Ich erwähne nicht, dass es nur Kayla war, der ich ausgewichen bin. Es ist nichts, was er wissen muss. Aber er hat Recht. Ich muss mit John sprechen.
Ich bin bereit, zur Arbeit zu gehen, sobald Misty das Haus betritt. Ich sage ihr schnell, dass es heute Abend spät werden würde. „Es gibt ein paar Dinge, um die ich mich kümmern muss."
„Okay, ich werde hier sein", antwortet sie lächelnd. Wenn sie die Episode gesehen hat, dann lässt sie es sich nicht anmerken.
Ich danke ihr und gehe, meine Gedanken überschlagen sich. Ich bin stinksauer auf dem Weg ins Büro und versuche mir die Worte zurechtzulegen, die ich John sagen werde, wenn ich ihm gegenüberstehe.
Er muss wissen, dass er mit dieser Folge zu weit gegangen ist, aber ich bin mir nicht sicher, ob es ihn interessiert. Es ist Diffamierung vom Feinsten. Das alles könnte schwerwiegende Auswirkungen auf mich und Kayla haben. Es war nicht gut, so etwas zu veröffentlichen, da sie gerade am Anfang ihrer Kariere in der Medizin steht. Und es ist sicherlich nicht fair mir gegenüber.
John sollte wissen, wie prekär es ist, sexuelle Beziehungen im Krankenhaus zu enthüllen. Ich könnte meine Lizenz verlieren, bevor sie sich überhaupt die Mühe machen, zu hinterfragen, was wirklich passiert ist.
Ich betrete hochaufgerichtet und mit zusammengebissenen Zähnen das Krankenhaus. Ich möchte niemanden außer Kayla oder John sehen. Ich werde Kayla versprechen, mich darum zu kümmern und ihr versichern, dass es keine schlimmen Folgen haben wird. Sie wird zweifellos ausflippen, aber es gibt nur wenig, was ich tun kann, außer ihr zu sagen, dass ich mich darum kümmern werde.

„Wo ist John? Ich muss mit ihm sprechen", frage ich meine Assistentin, sobald ich im Büro bin.

Sie schaut erstaunt auf, dann blickt sie auf das Blatt Papier, das vor ihr liegt. „Ich soll Ihnen sagen, dass er heute nicht da sein wird. Er hat angerufen und gesagt, er wollte zum Sender gehen. Die Dreharbeiten übernimmt heute Peter."

„Ich möchte nicht mit Peter sprechen - ich muss mit John sprechen!" Sie wirft mir einen verletzten Blick zu. Ich weiß, dass es nicht ihre Schuld ist, dass John heute nicht kommt, aber ich muss meinen Frust an jemandem auslassen.

„Es tut mir leid. Wenn ich gewusst hätte, dass Sie mit ihm sprechen müssen, hätte ich ihm gesagt, dass er herkommen soll, bevor er nach Hollywood fährt", entschuldigt sie sich.

Ich halte meine Hand hoch, um sie zum Schweigen zu bringen. „Ich weiß, dass es nicht Ihre Schuld ist. Ich bin wütend auf das, was er in der letzten Folge gebracht hat. Ich bin sicher, dass Sie es gesehen haben."

Sie nickt. Ich spüre, dass die Anspannung in mir wächst. „Ich fürchte, es macht bereits im Krankenhaus die Runde."

„Wer hat es gesehen?" Die Krankenschwestern plaudern gerne, und es wird nicht lange dauern, bis sich die Geschichte wie ein Lauffeuer verbreitet.

„Fast alle mittlerweile. Diejenigen, die den Rest nicht gesehen haben, waren an der Folge interessiert, als sie davon gehört haben. Ich auch", sagt sie mit einem Achselzucken. „Aber ich verurteile Sie deshalb nicht. Ich weiß, dass John gerne einiges an Dramatik inszeniert. Er hat es definitiv wie etwas aussehen lassen, das eigentlich nicht so gewesen war."

„Genau das hat er getan! Ich werde dem auf den Grund gehen. Ich habe einen Vertrag unterzeichnet, der mich vor dieser Art von Unsinn schützt. Ich kann nicht glauben, dass er diese Vereinbarung einfach so übergangen hat", schnappe ich.

„Er wollte morgen wieder hier sein. Ich fürchte, bis dahin können wir nicht viel tun", antwortet sie entschuldigend.

„Ich weiß! Und das ärgert mich umso mehr", seufze ich. „Sind die Finalisten noch hier?"

„Nein, aber wenn Sie meine persönliche Meinung hören wollen, würde ich Kayla fernbleiben, wenn ich Sie wäre. Ich weiß, dass Sie mit ihr darüber sprechen wollen, aber sie werden Sie mit Adleraugen beobachten. Sie werden versuchen, so viel wie möglich darüber zu senden, bevor die Serie vorbei ist. Ohne dass Sie vorher mit John gesprochen haben, ist ungewiss, was sie noch finden und in der Serie zeigen werden", erinnert sie mich.

Ich nicke. Sie hat Recht. Ich muss Abstand zu Kayla halten.

Es dauert nicht lange, bis die Finalisten kommen. Ich sehe Angst in Kaylas Blick. Sie sieht ein wenig krank aus, aber sie ist hier. Jetzt sind es nur noch sie und Mercedes. Ich bin stolz auf sie. Selbst mit dem, was über ihr hängt, wird sie diese Folge mit erhobenem Kopf hinter sich bringen. Das zeugt von Charakterstärke.

Ich passe auf, dass ich nichts tue, was während des Drehs so aussieht, als würde ich flirten oder kokettieren, schaffe es aber, Kayla während einer der Pausen allein zu erwischen.

„Kayla, ich bin sicher, dass dir inzwischen jemand gesagt hat, was passiert ist", sage ich schnell.

Sie nickt, aber sie erwidert nichts. Ihr Gesicht ist blass, und ich bekomme den Eindruck, dass sie antworten will, es aber nicht kann. Zweifellos sind es die Nerven, die ihr zu schaffen machen. Ich muss schnell machen, also rede ich weiter.

„Ich werde mich darum kümmern, versprochen. Ich muss mit dir allein sprechen. Nicht hier, und schon gar nicht bei mir zu Hause. Hier sind meine Telefonnummer und die Adresse eines kleinen Cafés in der Nähe meines Hauses. Lass uns uns dort nach der Arbeit treffen und besprechen, wie wir damit umgehen", flüsterte ich.

Sie nimmt das Papier und schaut mir in die Augen. Wieder kommt es mir so vor, als wolle sie etwas sagen, bringt aber die Worte nicht heraus. Ich schaue mich schnell um und lege meine Hand auf ihre Schulter. „Alles wird in Ordnung kommen."

Sie nickt. Ich gehe schnell von ihr weg, will einfach den restlichen Tag hinter mich bringen. Ich möchte keine weiteren Episoden mehr drehen, und ich werde mich weigern, bei der zweiten Staffel mitzumachen und werde außerdem dafür sorgen, dass John bekommt, was er verdient.

Ich werde dafür sorgen, dass er teuer dafür zahlt.

KAPITEL 18

Ich gehe ins Café, mein Herz rast. Ich möchte nicht mit Royce in der Öffentlichkeit gesehen werden, weiß aber nicht, was ich sonst tun soll. Das wird sich auf meine Karriere auswirken. Wie erhole ich mich davon? Ich will verschwinden, schreien, weinen. Ich weiß nicht, was ich tun soll! Royce sitzt in der Ecke des Cafés, weit hinten, wo uns niemand stören wird. Ich nähere mich der Theke und bestelle einen Pfefferminztee, in der Hoffnung, dass er meinen Magen beruhigt. Mir war den ganzen Tag lang übel, und der ganze Stress hat sicherlich auch einiges dazu beigetragen. Ich muss es Royce so schnell wie möglich sagen, bevor alles noch schlimmer wird.

„Ich bin froh, dass du es geschafft hast", ruft er. Ich nicke, setze mich hin und schenke ihm ein schwaches Lächeln. Ich schaffe es immer noch nicht, die richtigen Worte zu finden.

„Schau, ich weiß, dass das alles ein Schock für dich ist, aber vertrau mir, ich werde mich darum kümmern", versichert er mir.

Ich schüttle den Kopf. „Wie könntest du das? Die ganze Welt hat die Folge inzwischen gesehen. Es war heute Morgen in der Zeitung, so dass auch diejenigen, die die Show nicht sehen, neugierig geworden sind und sich die Folge angeschaut haben. Ich bin ruiniert, du bist ruiniert, und diese ganze Situation ist einfach zum Davonlaufen!"

Ich kämpfe gegen die Tränen. Er legt seine Hand auf meine. Ich mache mir Sorgen, dass uns jemand sehen wird, aber ihn scheint das nicht zu interessieren.

„Ich weiß, dass du dir Sorgen machst. Vertrau mir. Du hattest noch nie mit so etwas zu tun. Wenn man in der Öffentlichkeit steht, muss man auf solche Dinge vorbereitet sein. Selbst der beste Promi gerät irgendwann in Verruf. Wenn ich muss, werde ich John vor Gericht bringen. Ich habe gute Argumente", sagt er mit einem sanften Lächeln.

„Und genau da liegt das Problem, ich bin keine Berühmtheit. Du hast vielleicht gute Argumente, aber das wird mir nicht helfen. Jeder, der die Show gesehen hat, wird mich ablehnen, und egal, wo ich mich bewerbe, man wird mir keinen Job geben. Du kennst unseren Moralkodex. Wir haben ihn gebrochen."

Zwei vereinzelte Tränen laufen mir über die Wangen, und Royce wischt sie mir aus dem Gesicht. „Ich kümmere mich um dich. Glaubst du wirklich, dass ich dich vergessen würde? Natürlich nicht! Ich weiß, dass das hier um uns beide geht. Ich werde das nicht zulassen."

„Wie willst du das schaffen? John weiß, was er tut, wenn es um dieses Szenario geht. Er hat einige der umstrittensten Sendungen produziert, die im Fernsehen ausgestrahlt wurden."

„Eigentlich wusste ich das nicht. Und ehrlich gesagt ist es mir egal. Damit kommt er nicht durch. Ich habe vor der Sendung einen Vertrag unterschrieben, der meinen Ruf schützt. Es gibt keinen soliden Beweis, dass wir etwas Unangemessenes getan haben - er verstößt gegen den Vertrag. Jeder Richter würde seine Argumente sofort für Null und Nichtig erklären", erklärt Royce selbstsicher.

„Es gibt Hoffnung, Kayla, man muss nur wissen, wie man das System austricksen kann", fügt er hinzu.

Ich schüttle wieder traurig den Kopf. Er schaut mich verwirrt an. „Was ist?"

„Es gibt konkrete Beweise, dass wir Dinge getan haben, die wir nicht hätten tun sollen", sage ich mit zitternder Stimme.

„Was meinst du? Wir waren in meinem Büro, als es passierte. Niemand war da. Ich habe mich dessen vergewissert, als wir das Büro verlassen haben", argumentiert er.

„Darum geht es nicht. Ich habe heute Morgen herausgefunden, dass ich schwanger bin", sage ich leise, falls uns jemand im Café beobachtet. Ich fürchte, jemand wird uns mit dem Handy aufnehmen oder ein Foto schießen und es online stellen.

Royce schweigt für einen Moment. „Bist du sicher?"

„Absolut. Aber ich nehme die Pille. Ich meine, ich habe kurz vor meiner Periode eine vergessen. Das hätte eigentlich nichts ausmachen dürfen", sage ich mit einem weiteren Kopfschütteln. „Angeblich macht es nichts aus, wenn man in der zweiten Hälfte eine Pille verpasst."

Er nickt. „Ich weiß, aber man kann nie sicher sein. Du weißt nie, was dein Körper tun wird. Und wenn es um Hormone geht, ist es noch unberechenbarer."

„Was werden wir tun?", frage ich und meine Stimme zittert immer noch.

„Hast du es zu Hause getestet? Vielleicht wartest du ein paar Tage und versuchst es noch einmal. Da du die Pille nimmst, könnte das Ergebnis falsch gewesen sein."

Ich schüttle noch einmal den Kopf. „Das hatte ich auch gehofft. Als ich heute Morgen ins Krankenhaus gekommen bin, habe ich es mit einem Bluttest überprüft. Die Ergebnisse waren die gleichen – wir werden ein Baby haben."

Er flucht leise. Ich senke meinen Blick. Er legt seine Hand

wieder über meine. „Ich ärgere mich nicht darüber, ein Kind zu bekommen. Es wird die Dinge komplizierter machen, aber ich kümmere mich um dich und das Baby."

„Was ist es dann?" Ich bin wütend und ängstlich und habe keine Ahnung, was passieren wird, bin aber erleichtert, dass er mich nicht im Stich lässt.

„Ich mache mir Sorgen, dass sie die Ergebnisse im Krankenhaus haben", sagt er mit einem Seufzer.

„Sind Krankenakten nicht privat?" Ärger macht sich in meiner Stimme breit.

„Sie sollten es sein, aber es wird nicht lange dauern, bis eine der Krankenschwestern John gegenüber erwähnt, dass ein Test durchgeführt wurde. Natürlich liefert ihnen uns das noch mehr Munition. Das ändert aber nichts daran, dass es die Szene, in der du bei mir Zuhause warst, noch schlimmer aussehen lassen wird." Er will mir nicht noch mehr Angst einjagen, aber das Entsetzen packt mich wieder, wenn ich an meine Zukunft denke.

Wie kann ich mich um ein Kind kümmern, wenn ich keinen Job bekomme? Muss ich die Schule abbrechen? Wer wird mich jetzt einstellen, wenn das ans Licht kommt? So viele Emotionen und Gedanken rasen durch meinen Kopf, ich weiß nicht, was ich tun soll.

„Ich bin ruiniert!", schluchze ich und vergrabe mein Gesicht in meinen Händen. Er packt meine Handgelenke und zieht sie nach unten, dann wischt er mir erneut die Tränen aus dem Gesicht.

„Nein, das bist du nicht", sagt er heftig. „Ich habe dir gesagt, dass ich mich um dich kümmern werde, und ich meine das ernst."

Ich lehne mich zurück und seufze. Ich möchte ihm glauben, aber es ist so schwer, jemandem zu vertrauen. Wenn es jemanden gibt, der mich aus diesem Schlamassel herausholen kann, dann ist es Royce. Er wird sich darum kümmern.

Aber meine Angst wird nicht einfach aufhören. Sie schreit mir zu, dass ich gehen soll. Weit, weit weglaufen und niemals wieder zurückblicken.

KAPITEL 19

„Mir ist es egal, wie ich da hinkomme. Ich muss nur heute noch dorthin", sage ich am Telefon. „Ich weiß, dass es einfach ist, nach Hollywood zu kommen, aber ich muss meinen Zeitplan mit dem Krankenhaus klären, bevor ich gehe. Ich habe Patienten, die heute einen Termin hatten, aber ich kann im Notfall gehen. Das ist wichtiger, als einen Arbeitstag zu verpassen, obwohl ich hoffe, dass meine Patienten das verstehen. Ich muss die Akte mit der Schwangerschaft finden, bevor John sie in der nächsten Folge einsetzt. Ich habe das Gefühl, dass er das eher früher als später senden wird, um mit dem so genannten Drama zwischen mir und Kayla bessere Einschaltquoten zu bekommen.

„Gut, erledigt. Sie sind sich sicher im Klaren, dass das die Ziele für nächste Woche schwieriger machen wird", teilt mir meine Sekretärin am Telefon mit.

„Das ist mir egal. Ich habe jetzt wichtigere Dinge zu tun." Sie seufzt, aber ich beende das Gespräch. Es ist mir egal, was andere davon halten, dass ich auf die Schnelle verschwinde. Je früher ich zu John komme, desto besser.

Ich werfe die wenigen Dinge, die ich brauche, ins Auto und bin erleichtert, Kayla über den Parkplatz laufen zu sehen. Sie sieht besorgt aus. Ich lächle, als ich sie anhalte.

„Ich denke, du solltest heute in dein Zimmer zurückkehren und dort bleiben."

„Ich würde das gerne tun, aber was ist mit dem Dreh?", fragt sie.

„Keine Sorge. Ich habe das Gefühl, dass es am Ende des Tages keine weitere Folge von dieser verdammten Serie geben wird. Vergiss einfach alles und ruh dich ein bisschen aus", versichere ich ihr. Sie seufzt und schaut über ihre Schulter. Der Transporter fährt bereits ab. Sie wird es nicht schaffen ihn noch zu bekommen.

„Ich rufe dir ein Taxi, okay? Wie auch immer, ich bin auf dem Weg nach Hollywood. Ich werde John aufsuchen und mit ihm über die Aufnahmen sprechen. Wir werden das wieder geradebiegen." Ich gebe mir keine Mühe zu verbergen, dass ich mir Sorgen wegen ihr mache. Sie sieht müde und abgeschlagen aus, nicht wie eine stolze Mutter, die vor kurzem erfahren hat, dass sie ein Baby bekommt.

„Okay."

„Geh gar nicht erst rein. Setz dich auf die Bank und das Taxi wird in Kürze hier sein", versichere ich ihr. Sie lächelt und geht zum Krankenhaus.

Ich gleite auf den Fahrersitz meines Autos. Ich rufe schnell ein Taxi und verlasse den Parkplatz, sobald ich kann. Ich bin froh, dass ich mir nicht die Mühe gemacht habe, ins Krankenhaus zu gehen. Es wäre viel komplizierter gewesen, als meine Sekretärin von meinem Auto aus anzurufen.

Sobald ich auf der Autobahn bin, fahre ich so schnell es die Geschwindigkeitsbegrenzung erlaubt. John ist nicht wie geplant nach LA zurückgekehrt, und ich ärgere mich über die Freiheiten, die er sich mit meiner Karriere herausnimmt. Ich werde dem auf den Grund gehen, und wenn es dabei hässlich wird, dann ist es eben so. Es ist an der Zeit, dass ihn jemand an seinen Platz verweist.

„ENTSCHULDIGEN SIE, Sir, Sie können dort nicht hinein!", ruft die Sekretärin hinter mir her. Ich habe sie gefragt, wo ich John finden könnte, und sie hat den Fehler gemacht, mir zu sagen, dass er in einer Besprechung sei und auch in welchem Raum. Es ist mir verdammt egal, was er sagt. Ich werde mit ihm sprechen, und ich werde jetzt mit ihm sprechen. Es wäre noch besser, wenn er bei einem Treffen mit seinen Vorgesetzten ist. Ich würde nichts lieber tun, als ihnen zu erzählen, was John getan hat.

„Was zum Teufel?", ruft John, als ich durch die Tür platze. „Siehst du nicht, dass ich beschäftigt bin?"

„Ich bin der Meinung, dass jetzt der perfekte Zeitpunkt ist, um zu reden", antworte ich nonchalant. „Ich glaube, es gibt ein paar Dinge, die du überdenken solltest, bevor du sie ins Fernsehen bringst."

„Wovon redest du?", fragt er fies grinsend. „Oh, ärgerst du dich über unsere kleine Enthüllung?"

„Kleine Enthüllung?", schnappe ich. „Das ist nichts anderes als eine Verleumdung. Ich weiß nicht, was du dir dabei gedacht hast, aber das ist eine direkte Verletzung unseres Vertrages!"

„Oh, ist es das? Ich sagte dir, dass ich nichts Kompromittierendes senden würde, es sei denn, du gibst uns etwas an die Hand, woraufhin du mir versichert hast, dass du das niemals tun würdest. Warum also hat eine Praktikantin zu dieser Tageszeit dein Haus verlassen?" Er verschränkt seine Arme, und ich unterdrücke den Drang, ihm ins Gesicht zu schlagen.

„Sie musste mit mir sprechen. Und sag mir doch mal, was du

mit den medizinischen Testergebnissen vorhast?", frage ich kühl.

„Welche medizinischen Testergebnisse?", fragt John. Er weiß genau, wovon ich rede, aber er spielt vor seinem Chef den Ahnungslosen.

„Sei kein Idiot. Ich weiß, dass sie hier drin sind!"
Ich schnappe mir den Ordner, der auf dem Tisch liegt. John springt auf, aber ich schaffe es, aus seiner Reichweite zu kommen und durch die Seiten zu blättern. „Aha! Enthüllung: Kayla ist schwanger. Da steht es. Das sind Informationen, die du illegal erhalten hast, und ich habe Beweise."

„Wovon redet er?", fragt Johns Chef.

„Ich weiß es nicht. Ich habe die volle Erlaubnis der jungen Frau, das auszustrahlen", sagt er schnell.

„Die hast du nicht, und ich kann es beweisen. Ich weiß nicht, wie Sie darüber denken, Mr. Thompson", wende ich mich an Johns Chef, „aber ich an Ihrer Stelle würde es hassen, wenn diese Serie verklagt werden würde. Sie haben hart gearbeitet, um einen seriösen Sender aufzubauen - ich kann mir nicht vorstellen, was geschehen wird, wenn ich Anwälte einschalte."

Er sieht unbehaglich aus, aber John meldet sich wieder zu Wort. „Ich weiß nicht, ich würde an deiner Stelle nicht so eine große Klappe haben. Du bist selbst in einer Zwickmühle, nicht wahr?", fragt er.

Ich werfe den Vertrag auf den Tisch und tippe mit dem Finger auf die Zeile. „Es spielt keine Rolle, was ich tue. Du bist gesetzlich verpflichtet, dich daran zu halten, und tust es nicht. Es steht genau hier, dass ich das Recht habe, volle rechtliche Schritte gegen dich einzuleiten, und vertraue mir, das werde ich tun."

John erblasst und Mr. Thompson sieht aufgeregt aus. Schließlich meldet sich Mr. Thompson zu Wort.

„Was sollen wir tun?"

„Ich möchte, dass alle Aufnahmen gelöscht werden, eine Entschuldigung von dem Sender und das alle Aufnahmen von Kayla vernichtet werden", antworte ich. „Wenn Sie das nicht tun, können Sie erwarten, von meinem Anwalt zu hören."

John versucht, mit mir zu diskutieren, aber sein Chef greift ein, hält seine Hand hoch und wirft ihm einen kalten Blick zu.

„Wissen Sie, wie viel das den Sender kosten könnte? Unsere Muttergesellschaft könnte uns wegen so etwas fallen lassen, und wenn das passiert, sind Sie arbeitslos!"

„Ich habe mich an den Vertrag gehalten, aber Sie wissen, dass wir die Einschaltquoten brauchen", argumentiert John, aber Mr. Thompson ist nicht in der Stimmung, ihm zuzuhören.

„Du hast es vermasselt, John. Hole die Aufnahmen und erfülle Mr. Berkleys Anforderungen. Beim nächsten Mal erwarte ich, dass du ein besseres Urteilsvermögen zeigst, wenn du eine Reality-TV-Show produzierst. Das sind die Leben von Menschen, mit denen du es zu tun hast, und sie müssen mit diesen Leben weitermachen, wenn die Show vorbei ist", sagt Thompson.

John sieht besiegt aus, aber eine Welle der Erleichterung wäscht über mich. Ich kann es kaum erwarten, nach L.A. zurückzukehren und Kayla die gute Nachricht zu überbringen. Sobald ich die letzten Details mit den beiden Männern besprochen habe, bin ich wieder auf der Straße und fahre so schnell wie möglich zurück nach L.A.

Im Hotel sagt man mir, dass Kayla an diesem Nachmittag ausgecheckt hat. Sie hat keine Informationen hinterlassen, wohin sie gegangen ist, und auch keine persönliche Nachricht für mich. Verwirrt rufe ich zuerst das Krankenhaus und dann ihre Schule an und erkundige mich, wer sie überhaupt nach L.A. geschickt hat.

Niemand weiß, wo sie ist, und niemand hat von ihr gehört, außer dem Hotel an diesem Nachmittag.

Kayla ist verschwunden.

KAPITEL 20

Ich rutsche nervös auf meinem Stuhl hin und her und bete, dass ich es über die Grenze schaffen werde. Den ganzen Morgen und bis in den Nachmittag hinein habe ich versucht mich davon zu überzeugen, dass alles in Ordnung kommen wird, aber als immer mehr Zeit vergeht und ich nichts von Royce hörte, werde ich immer überzeugter, dass mein Leben direkt vor meinen Augen zerbricht.

Je mehr das alles an die Öffentlichkeit kommt, umso sehnlicher wünsche ich mir, einfach verschwinden zu können. Es gibt keine Möglichkeit, dass Royce einen Sender davon überzeugen kann, das Filmmaterial zu zerstören. Ganz sicher wird John über meine Schwangerschaft berichten. Ich hätte den Bluttest nicht in der Klinik machen sollen, aber ich wusste nicht, dass die Mitarbeiter im Krankenhaus persönliche Informationen herausgeben würden.

Ich habe den ganzen Nachmittag mit mir gerungen, aber ganz gleich wie sehr ich versucht habe einen Ausweg zu finden, die einzige Lösung, die mir eingefallen ist, war zu verschwinden. Ich bin nicht weit von Mexiko entfernt. Ich weiß, dass es mit dem Bus eine ganze Weile dauern wird, aber es ist machbar. Ich habe das Geld genommen, das ich noch hatte und habe mich auf den Weg gemacht.

Auf halbem Weg merkte ich, dass ich meinen Reisepass nicht bei mir hatte. Ich habe ihn auf der Kommode in meiner kleinen Wohnung liegen lassen. Ich wünschte, ich hätte ihn auf dem Weg aus der Tür in meine Handtasche gesteckt! Es würde mir viele Probleme ersparen.

Im Bus vermeide ich den Augenkontakt mit anderen Menschen. Ich nehme an, sie fragen sich, wer ich bin und wohin ich gehe. Ich weiß, dass ich müde aussehe. Ich vermeide es, mich im Spiegel zu betrachten. Ich bin so ein Wrack! Ich habe Angst, dass sie wissen, wer ich bin, nachdem sie die Serie gesehen habe, und ich gehe auch davon aus, dass alle mich verurteilen.

Ein Teil von mir wünscht sich, ich hätte den Mut gehabt, in L.A. zu bleiben und auf die Rückkehr von Royce zu warten, aber ich weiß nicht, wie ich mich ihm gegenüber verhalten soll, wenn er nicht in der Lage war, die Dinge aufzuhalten. Mir ist schlecht, und ich weiß, dass es am besten ist von vorn anzufangen, dort, wo mich niemand kennt – jenseits der Grenze.

Obwohl Royce mir seine Telefonnummer gegeben hat, habe ich ihm nie meine gegeben, also überprüfe ich mein Telefon nicht. Ich habe keine Familie, die mich anruft und nur wenige Freunde. Die einzige Person, auf die ich mich verlassen konnte, war Monique. Ich fühle mich von der Welt ausgestoßen und bin nicht sicher, wie ich es schaffen werde.

Die Stunden ziehen vorbei, und ich wechsle ein paar Mal den Bus. Ich meide alle Kameras, so dass niemand etwas ins Internet stellen kann, wo man mich entdecken könnte. Wenn ich erst einmal an der Grenze bin, wird alles in Ordnung kommen. Ich muss es nur so weit schaffen.

Endlich hält der letzte Bus meiner Reise an einer Haltestelle. Mein Herz rast, als ich aussteige und meine Tasche über meine Schulter werfe. Der Bus fährt nicht über die Grenze. Ich reise wie ein Nomade und bin entschlossen, weiterzugehen.

Ich mische mich unter die anderen Menschen, die zu Fuß über die Grenze gehen und vermeide weiterhin jeglichen Augenkontakt. Eigentlich bin ich mir ziemlich sicher, dass mich niemand erkennen würde, aber ich will kein Risiko eingehen. Es kann sein, dass niemand nach mir sucht, aber ich nehme an, dass sie es tun, also möchte ich nicht von jemandem erkannt werden.

Der Mann vor mir darf passieren, und mit wachsender Hoffnung gehe ich zum Grenzposten hinüber. „Buenos dias. Ihr Name und Grund für die Einreise nach Mexiko?"

Ich reiche ihm lächelnd meinen Ausweis. „Hallo, mein Name ist Kayla Grid und ich denke darüber nach, hierherzuziehen."

„Pass?" Er streckt seine Hand aus, und ich lächele noch einmal.

„Es tut mir leid, aber es scheint, dass ich meinen Pass vergessen habe. Aber Sie haben ja meinen Ausweis. Kann ich bitte durchgehen? Das ist wirklich wichtig", flehe ich.

„Nein, wenn Sie keinen Pass haben, dürfen Sie nicht über die Grenze. Bitte gehen Sie zurück." Er zeigt in die Richtung, aus der ich gekommen bin, und mein Herz rast.

„Sie verstehen das nicht, es ist sehr wichtig, dass ich durchkomme. Ich habe einen Reisepass. Er ist einfach nicht bei mir", erkläre ich.

„Es ist mir egal, ob Sie zehn Pässe haben. Wenn Sie ihn nicht bei sich haben, kommen Sie nicht durch. Bitte gehen Sie zurück", sagt er noch einmal. Ich versuche es noch einmal.

„Das ist ein Notfall. Es tut mir leid, dass ich so aufdringlich bin, aber wenn Sie nur diese eine Ausnahme für mich machen könnten - ich muss wirklich durch", sage ich.

Ein anderer Grenzoffizier kommt zu uns. Ich hoffe, er hat mehr Mitgefühl. „Was ist los?"

„Diese junge Frau hat keinen Pass. Sie muss zurückgeschickt werden", erklärt der Offizier.

„Ausweis?", fragt der andere Offizier. Der Mann reicht ihm meinen Ausweis, und er überprüft ihn. „Du bist Kayla Grid, 24 Jahre alt, aus Chicago, Illinois?"

Mein Herz springt mir in die Kehle. Hat er diese Informationen von meinem Ausweis, oder kennt er meinen Namen von woanders her? Wenn mich das nach Mexiko bringt, gehe ich das Risiko ein. Ich atme tief durch und nicke lächelnd. „Ja, das bin ich."

„Du musst mir folgen", sagt er. Ich bin verwirrt.

„Aber ich will nach Süden", stelle ich klar.

„Nein Miss, Sie kommen mit mir mit. Ich muss Ihnen ein paar Fragen stellen", antwortet er, bevor er sich an den ersten Offizier wendet. „Weitermachen."

„Ich gehe nicht mit Ihnen mit! Ich habe nichts falsch gemacht, und Sie können mich nicht festhalten!"

Ich drehe mich weg, aber er packt meinen Arm und hält mich fest. „Himmel, Sie müssen mit mir zusammenarbeiten. Es wird viel einfacher sein, wenn Sie es tun."

„Lassen Sie mich los! Ich habe nichts falsch gemacht!" Ich weine. Aber er hört nicht zu. Stattdessen legt er mir Handschellen an und führt mich zum Gebäude. Mein Herz rast. Ich habe nichts falsch gemacht, aber ich wurde verhaftet. Ich will schreien, aber so wie die ganzen Leute bereits starren, wird es die Situation nur noch schlimmer machen, wenn ich nicht meinen Mund halte.

„Wie können Sie es wagen, mich einfach so festzunehmen?", zische ich.

„Sie wurden als vermisst gemeldet, und wir müssen uns darum kümmern, bevor Sie gehen können", entgegnet er. Mein

Herz hämmert weiter in meiner Brust. Die einzige Person, von der ich mir vorstellen kann, dass sie nach mir sucht, ist Royce. Wenn man bedenkt, dass ich in der Show war, gehe ich davon aus, dass man es auch in den nationalen Nachrichten bringen wird.

Ich kann nicht glauben, was für ein Durcheinander das alles ist. Ich habe mein Leben ruiniert, und es wird immer schlimmer.

Ich werde nicht mit ihm sprechen und ihm mehr Informationen geben. Ich sollte mir einen Kopf machen, wie ich hier wegkomme.

KAPITEL 21

Das Zimmer ist kahl. Ich warte darauf, etwas von Kayla zu hören; jemand hatte sie in einem Bus nach San Diego gesehen. Irgendetwas sagt mir, dass sie nach Mexiko verschwinden will.

„Und hier ist sie", verkündet der Offizier, als er den Raum betritt. Mein Herz setzt eine Sekunde aus, als ich Kayla sehe. Sie sieht erschrocken aus, wirkt aber erleichtert, als sie mich sieht.

„Können wir ein paar Minuten haben?", bitte ich den Offizier. Er zögert, nickt aber und verlässt den Raum. Ich springe von meinem Stuhl und eile zu Kayla. „Was zum Teufel machst du? Warum bist du weggelaufen?"

„Ich kann nicht dorthin zurückkehren. Ich habe mein Leben ruiniert. Ich will mit dieser schrecklichen Show nicht weitermachen!"

„Das musst du nicht! Sie nehmen die Serie aus dem Netz! Sie werden nichts mehr drehen. Ich sagte dir, dass ich mich darum kümmern würde, und ich habe es getan. Du musst mir nur vertrauen", sage ich mit bebender Stimme. Sie sieht verlegen aus, aber trotzig.

„Ich habe in meinem ganzen Leben noch nie jemandem vertrauen können", antwortet sie.

„Das muss sich ändern. Schau, ich bin gekommen, um dich nach Hause zu bringen. Ich möchte mit dir zusammen sein, Kayla. Wir haben ein gemeinsames Baby. Es ist nur fair, dass wir versuchen, es gemeinsam zu schaffen. Wir verstehen uns super. Es gibt keinen Grund, warum wir das nicht schaffen könnten." Es ist mir egal, ob ich sie anflehen muss. Ich weiß, was ich will, und ich gebe das auch zu.

Sie schaut mich an und schüttelt den Kopf. Mein Herz wird schwer. „Ich dachte, es gibt keine Möglichkeit für uns, zusammen zu sein."

„Du warst damals Praktikantin. Jetzt kannst du tun und lassen, was du willst! Ich möchte nicht, dass du deinen Traum aufgibst, Kayla. Ich werde dir helfen, durch die Schule zu kommen, und du wirst Chirurgin werden, versprochen." In ihrem Blick liegt Argwohn. Ich seufze. „Ich sage dir was. Lass uns einfach hier verschwinden. Wir können auf dem Rückweg darüber reden, okay?"

Sie nickt nach einer kurzen Pause. „Lass uns gehen."

„Es ist nicht das beste Hotel, aber es ist ausreichend, und ich habe uns zwei Betten gebucht", erwähne ich, als wir das Zimmer betreten, in das wir für die Nacht eingecheckt haben. Sie schaut sich um.

„Zwei Betten?", fragt sie.

„Ich wollte nicht, dass du dich unter Druck gesetzt fühlst. Ich mag dich wirklich, Kayla. Ich möchte, dass die Dinge zwischen uns funktionieren ... Ich liebe dich."

Die Worte rutschen mir heraus, bevor ich die Möglichkeit habe, darüber nachzudenken. Sie sieht mich verdutzt an. Meine

Worte haben eine tiefe Wirkung auf sie. Sie schaut auf ihren Bauch und legt ihre Hand darüber. „Bist du sicher?"

„Ich war mir noch nie so sicher über irgendetwas in meinem Leben." Ich trete nach vorn, presse meine Lippen auf ihre und bin erleichtert, als sie meinen Kuss erwidert. Das ist der Moment, auf den ich gewartet habe. Niemand wird uns unterbrechen, und niemand wird sagen, dass wir nicht zusammen sein können. Das ist genau das, was wir brauchen. Ihr Kuss wird, genau wie meiner, leidenschaftlicher und wir beginnen, uns gegenseitig die Kleider vom Körper zu reißen.

Ich lasse ihre Bluse auf den Boden fallen, und dann öffne ich ihren BH und schnappe nach Luft. Sie ist noch schöner, als ich es in Erinnerung hatte. Man kann ihr die Schwangerschaft noch nicht ansehen und ihr Körper ist immer noch unglaublich fest. Ich streichle ihren Körper, während sie mich anschaut.

Wir fallen auf eines der Betten, rollen darauf herum und küssen uns immer wieder und erkunden den Körper des anderen. Ich ziehe ihr Höschen nach unten und sie legt ihre Hand auf meinen Schwanz und streicht darüber. Ich schließe die Augen und erbebe vor Freude.

Ich halte es nicht mehr aus. Ich ziehe ihr Höschen weg und kicke meine eigene Unterhose beiseite, und dann drücke ich meinen Schwanz in ihren engen Schlitz. Sie schließt die Augen, spreizt ihre Beine und heißt mich willkommen. Ich brauche nicht viel Ermutigung, und ich schiebe mich so weit wie möglich in sie hinein.

Sie stöhnt und lehnt sich auf dem Bett zurück, als ich anfange, in sie zu stoßen, langsam zuerst, dann schneller und schneller, während unsere Leidenschaft wächst. Sie fährt mit ihren Fingernägeln über meinen Rücken. Ich drücke meine Hüften nach vorn, um tiefer als zuvor in sie zu dringen. Wir machen uns nicht die Mühe, leise zu sein. Ich liebe die lustvollen Töne, die von ihren Lippen kommen.

Ich spüre, wie sie sich um meinen Schwanz herum zusammenzieht, als sie kommt und stoße noch fester in sie, vergrößere die Lust, die durch sie hindurchjagt. Sie schnappt nach Luft, als auch ich komme und meine Ladung tief in ihre Muschi spritze.

Ich halte mich für ein paar Augenblicke über ihr, genieße die letzten Lustwellen, die über mich hinwegwaschen, und dann gleite ich auf das Bett neben sie.

Keiner von uns sagt ein Wort, aber dann rutscht Kayla nach oben und legt ihren Kopf auf meine Brust.

„Glaubst du wirklich, dass wir es schaffen?", fragt sie.

„Ich habe keinen Zweifel! Ich liebe dich, Kayla."

„Ich liebe dich auch", sagt sie leise. Sie seufzt und fährt mit den Fingern über meine Brust. Ich nehme ihre Hand in meine eigene und drücke sie leicht. Es wird nicht einfach sein, aber ich werde mein Versprechen halten.

Wir werden noch lange glücklich sein. Da bin ich mir ganz sicher.

ENDE.

KOSTENLOSES GESCHENK

Klicken Sie hier für ihre Ausgabe

Tragen Sie sich für den **Jessica Fox Newsletter** ein und erhalten Sie ein KOSTENLOSES Buch exklusiv für Abonnenten.

Holen Sie sich hier Ihr kostenloses Exemplar von Eifersucht: Ein Milliardär Bad Boy Liebesroman"

Klicken Sie hier für ihre Ausgabe

Neue Liebe entsteht, aber auch eine Eifersucht, die sie zu zerstören droht.

Ich habe meine winzige Heimatstadt und ihre Einschränkungen hinter mir gelassen. Dann erschien ein bekanntes Gesicht in der Bar, in der ich arbeite, und brachte mich wieder dorthin zurück, wo ich angefangen hatte ...

Mein Plan war, ewig Junggeselle zu sein. Die Frauen lieben und sie dann verlassen, sodass sie sich nach mir verzehrten.

Rainy Matthews, die Schulfreundin meiner Schwester, passte überhaupt nicht in meinen Plan.

Ab dem Moment, in dem ich sie erblickte, waren mein Körper und Geist in ständigem Konflikt. Mein Verstand sagte mir, dass sie tabu war, ich sie nicht mit meiner umtriebigen Art verletzen dürfe. Mein Körper sagte mir, dass ich sie wollte. Ich wollte sie stöhnen hören, während sie sich dem Genuss meines Schwanzes hingab.

Aber noch jemand anders wollte dafür sorgen, dass Rainy eine kurzlebige Affäre bleiben würde und nichts weiter. Eifersucht funkte dazwischen, und ich hatte keine Ahnung, ob wir überhaupt überleben würden ...

Klicken Sie hier für ihre Ausgabe

https://www.steamyromance.info/kostenlose-bücher-und-hörbücher

©Copyright 2020 Jessica F. Verlag - Alle Rechte vorbehalten. Das Werk, einschließlich aller seiner Teile, ist urheberrechtlich geschützt. Jede Verwertung ist ohne Zustimmung des Verlages und des Autors unzulässig. Dies gilt insbesondere für die elektronische oder sonstige Vervielfältigung. Alle Rechte vorbehalten.
Der Autor behält alle Rechte, die nicht an den Verlag übertragen wurden.

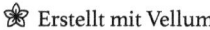 Erstellt mit Vellum

www.ingramcontent.com/pod-product-compliance
Lightning Source LLC
LaVergne TN
LVHW021751060526
838200LV00052B/3583